© Jessica Gandolf

Der Autor

Lincoln Peirce ist beides: Autor und Cartoonist. Die Figur des *Super Nick* hat er für den Comic Strip »Big Nate« erfunden, der in mehr als 200 amerikanischen Zeitungen und online täglich unter www.bignate.com erscheint. Lincoln Peirce lebt mit seiner Frau und seinen beiden Kindern in Portland, Maine.

Lincoln Peirce

Super Nick

Packt ein, ihr Knalltüten!

Aus dem Amerikanischen von
Carolin Müller

Bei diesem Buch wurden die durch das verwendete Material und die Produktion entstandenen CO_2-Emissionen ausgeglichen, indem der cbj-Verlag ein Projekt zur Aufforstung in Brasilien unterstützt. Weitere Informationen zu dem Projekt unter: www.ClimatePartner.com/12719-1802-1002

Verlagsgruppe Random House
FSC® N001967

5. Auflage
Erstmals als cbj Taschenbuch April 2015
© 2013 der deutschsprachigen Ausgabe
cbj Kinder- und Jugendbuchverlag
in der Verlagsgruppe Random House, München
Alle deutschsprachigen Rechte vorbehalten
© 2012 Lincoln Peirce
Die amerikanische Originalausgabe erschien 2012
unter dem Titel »Big Nate Goes for Broke« bei Harper,
einem Imprint von HarperCollins Publishers, New York
Dieses Werk wurde vermittelt durch die
literarische Agentur Thomas Schlück GmbH, Garbsen
Übersetzung: Carolin Müller
Umschlaggestaltung: © init|Kommunikationsdesign,
Bad Oeyenhausen, unter Verwendung von Illustrationen von
© 2012 Lincoln Peirce
aw · Herstellung: cb
Satz: Vornehm Mediengestaltung GmbH, München
Druck: GGP Media GmbH, Pößneck
ISBN 976-3-570-22495-3
Printed in Germany

www.cbj-verlag.de

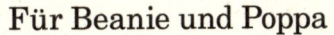
Für Beanie und Poppa

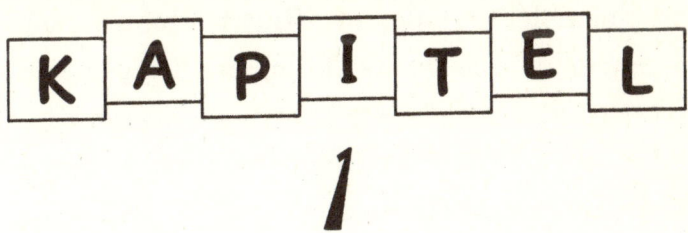

KAPITEL 1

Ich will ja nicht angeben oder so, aber ich bin zufälligerweise der Vorsitzende des tollsten Klubs, der je gegründet wurde.

Unser offizieller Name ist P. S. 38 Comic-Klub, aber wir nennen uns die Kritzler. Wir treffen uns jeden Mittwoch nach der Schule im Kunstraum und hängen dann dort rum und zeichnen Comics, bis uns der Hausmeister rausschmeißt. Wir haben den besten Klub der Schule. Mit ABSTAND. Glaubst du nicht? Tja, dann zieh dir diese Aufstellung rein.

DIE PROBLEMLÖSER –

ein Haufen Eierköpfe, die im Computerraum rumhängen und irre schwere Matheaufgaben lösen ...

ZUM SPASS!!

Ich **LIEBE** Infinitesimalrechnung!

Wer nicht?

IST DRÖGE WEIL:
Ist das nicht offensichtlich?

DER RAMPENLICHTKLUB –

für die, die fest daran glauben, einmal große Popstars zu werden.

IST DRÖGE WEIL:
A. Sie singen ständig, in der Hoffnung, »entdeckt« zu werden.

Bekomme ich bitte **REIS**? WUH WUH WUUH ...

B. Sie können nicht singen.

SCHULVERSCHÖNERUNGS-KLUB –

genauso, wie es klingt.

IST DRÖGE WEIL:
Anscheinend bedeutet »Verschönerung«, miese Wandgemälde im Jungsklo zu malen.

Da krieg ich echt Schiss.

Siehste? Die meisten dieser sogenannten Klubs sind ungefähr so spaßig wie ein eingewachsener Zehennagel.

Aber die Kritzler rocken. Und wir haben erst vor ein paar Monaten losgelegt. Und so hat sich das alles ergeben …

DANK EINES KLACKS ERDNUSSBUTTER!

DRAMATISCHE RÜCKBLENDE

Es war während einer ganz normalen Sozialkundestunde.

Mrs Godfrey laberte von irgendeinem Typen, der als Präsident nicht gut genug war, um auf einem Geldschein verewigt zu werden …

quatsch quatsch quatsch quatsch quatsch quatsch quatsch quatsch quatsch quatsch quatsch quatsch quatsch blablablabla Franklin quatsch quatsch quatsch quatsch blablablablablabla Franklin Pierce quatsch quatsch quatsch blablablablablabla Blablablahblablabla quatsch quatsch bla Franklin Pierce blablablablablablabla quatsch quatsch anklin Pierce blablablablablablabla Blablabla quatsch quatsch blablablablabla Franklin Pierce blablablablabl quat quatsch quatsch ablablablFranklin Pierce blablablablablablabla quats qua tsch Blablabblablablablabla Franklin Pierce blabla quats tsch ablablablablabla Franklin Pierce blablabla ch quatsch qu sch ablabla Blablablahblablablablabla Fr tsch quatsch qu atsch ierce blablablablablablabla Bla tsch quatsch qu atsch quatsch qu blablabla Franklin quatsch quatsch qu atsch quatsch quatsch quatsch quatsch quatsch quatsch qua quatsch q

Gina hatte bestimmt schon ungefähr neunzehn völlig nutzlose Fragen am Stück gestellt ...

... und ich stand kurz davor, ins Koma zu fallen.

Dann ging Glenn Swenson auf dem Weg zum Bleistiftspitzer an meinem Tisch vorbei ...

... und plötzlich wurde die Sache VIEL interessanter!

Er hatte Essensreste im Gesicht. Das war nichts Neues. Es war völlig normal, dass an Glenn etwa so viele Krümel hafteten, dass man damit eine vierköpfige Familie ernähren könnte. Aber diesmal war es anders. Er hatte einen Klecks Erdnussbutter so groß wie eine Radkappe …

Er selbst hatte keine Ahnung davon. Und sonst auch keiner. Es war irre witzig. Aber ich konnte mich mitten im Unterricht nicht einfach kaputtlachen. Außer wenn ich gewollt hätte, dass sie-die-nicht-genannt-werden-darf total »godfrey« auf mich wird. Also machte ich das, was ich immer tue, wenn mir etwas Witziges passiert:

Ich zeichnete einen Comic darüber!

Es war ein guter Comic. Zu gut, um ihn für mich zu behalten.

Das fragen Lehrer immer. Was hätte ich da sagen sollen ... JA? Dann hätte selbst Glenn, der nicht gerade die hellste Kerze am Leuchter ist, gecheckt, dass ich mich über ihn lustig mache.

Und das wäre ein Problem gewesen, denn immer wenn Glenn wütend auf jemanden ist, dann verfolgt er ihn in der Pause und quetscht ihn so lange gegen den Schulhofzaun, bis er keine Luft mehr bekommt.

Ich beschloss, dass ich auch weiterhin Luft bekommen wollte.

Von da an ging's steil bergab. Mrs Godfrey nahm mir meine Zeichnung ab und verstaute sie in ihrem Tisch. Dann gab sie mir einen pinkfarbenen Wisch.

Hallo, Nachsitzen. Und hallo, Mrs Czerwicki.

Was hätte ich sagen sollen? Sie hatte recht. Aber damit ließ sie es nicht gut sein. Mrs Czerwicki war das zwar nicht bewusst, aber das Nächste, was sie sagte, sollte schon bald DIE GESCHICHTE DES COMICS REVOLUTIONIEREN!!!

Ich muss zugeben, es war eine brillante Idee – sogar für mich. Ich rannte sofort zu Direktor Nichols und fragte ihn, ob ich einen Comic-Klub gründen dürfe …

Ups! Schon fast drei. Es klingelt in 5 … 4 … 3 … 2 … 1 …

Wir machten alle noch einen Boxenstopp an unseren Spinden und steuerten dann rüber in den Kunstraum. Unser Kunstlehrer, Mr Rosa, ist unser Betreuer.

Jeder Klub hat einen Betreuer. So will es die Schulordnung. Aber die meisten Klubs haben schon lange einen. Miss Clarke hat schon immer die Schülerzeitung betreut. Und Mr Galvin ist bestimmt schon seit der letzten Eiszeit für den Wissenschaftsklub zuständig.

Das ist auch okay, wenn man das Glück hat, seinen Betreuer zu mögen. Aber was, wenn man einem Klub beitritt und der Betreuer ist ganz schrecklich? Dann ergeht es einem nicht besser als dem Klecks Erdnussbutter auf Glenn Swensons Stirn: Man hat Pech gehabt.

Wir Kritzler hatten Glück. Weil wir unseren Klub neu gegründet haben, durften WIR entscheiden, wer unser Betreuer wird. Ich meine, stell dir vor, wenn man uns jemanden aufgebrummt hätte, jemanden wie …

Alle erstarren. Wir denken alle das Gleiche: »Was will DER denn hier?« Hat die Schule uns einen anderen Betreuer zugewiesen oder was? Mir dreht sich der Magen um, wenn ich mir bloß vorstelle, wie unsere Treffen mit Trainer John aussehen werden.

Schließlich meldet sich Francis zu Wort. »Äh … wo ist Mr Rosa?«, fragt er nervös.

Trainer John kichert irgendwie unheimlich. Habe ich schon erwähnt, dass er nicht alle Tassen im Schrank hat?

»Und da bin ich auch schon!«, ertönt eine Stimme hinter uns.

»Entschuldigt alle miteinander, ich bin ein bisschen spät dran«, sagt er und zieht seine Jacke aus. Dann klopft er Trainer John auf die Schulter. »Danke, dass Sie für mich eingesprungen sind, Trainer.«

Trainer John antwortet mit einem Grunzer und watschelt davon. Endlich können wir aufatmen.

»Hört mal, Leute, bevor wir anfangen, möchte ich, dass ihr jemanden kennenlernt«, sagt Mr Rosa, als wir uns setzen. Er zeigt zur Tür.

Kollegin? Was soll das denn jetzt heißen? Die Frau arbeitet doch gar nicht an unserer Schule.

»Hallo, Kritzler.« Sie lächelt, als sie eine Mappe aus ihrer Tragetasche zieht. »Ich bin sehr erfreut, dass Mr Rosa mich eingeladen hat, heute ein wenig mit euch zu plaudern.«

Chad hebt die Hand. »Sind Sie eine Comiczeichnerin?«

Sie lacht. »Ich bin eine Lehrerin, die sich als Comic-zeichnerin versucht. Aber deswegen bin ich nicht hier.«

Wo-hoh, was? Hat sie da ge-rade was von einem anderen Comic-Klub gesagt?

»Wir nennen ihn den C.I.C., den Comic-&-Illustratio-nen-Club«, fährt sie fort. »Zu unseren wöchentlichen Treffen kommen um die dreißig Jungen und Mädchen.«

Äh … Mädchen? Ich merke, wie mein Gesicht heiß wird.
Die Jungs werfen sich verstohlene Blicke zu, aber keiner sagt etwas.

»Wisst ihr«, sagt sie fröhlich, »es gibt viele Mädchen, die
gerne Comics zeichnen!« Dann breitet sie eine Menge
Zeichnungen auf dem Tisch aus.

Mein Kinnladen berührt fast den Boden, als ich sie betrachte. Den anderen Jungs geht's genauso. Sogar Arturs Augen sind so groß wie Kuchenteller. Er kann wirklich zeichnen, aber einige von diesen Dingern hier lassen sein Zeug wie Strichmännchen aussehen. Das sind echte PROFI-Zeichnungen.

»Wer … wer hat die gemacht?«, stammelt Teddy.

»Na, der C.I.C. natürlich«, antwortet Mrs Everett. »Meine Schüler!«

Verblüfftes Schweigen macht sich breit.

»Welche Schüler?«, fragt Chad schließlich.

Ich schlucke schwer. Ich befürchte, ich kenne die Antwort bereits. Doch als sie es dann laut ausspricht, trifft es mich dennoch wie ein Ziegelstein am Kopf.

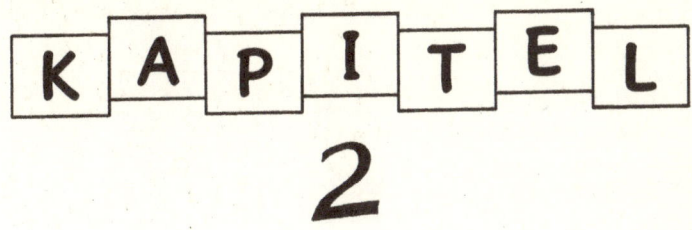

KAPITEL 2

Na klar. Von allen Schulen muss diejenige, die einen größeren und besseren Comic-Klub hat als die Kritzler …

Die Jefferson-Mittelschule und die P.S. 38 sind Erzrivalen. Zumindest sehen WIR das so. Die aus der Jefferson denken da ein kleines bisschen anders.

Und wisst ihr, was echt nervt? Die haben RECHT.

Die Jefferson schlägt uns immer. In allem. In meiner gesamten Zeit an der P.S. 38 haben wir noch nie bei IRGENDWAS gegen sie gewonnen.

Ihre Sportler sind sportlicher …

Ihre Musiker sind musikalischer …

Sogar ihre Mathestreber sind streberhafter.

Klar, ich weiß, dass Gewinnen nicht alles ist. Schließlich sagen uns das unsere Lehrer und Trainer mindestens eine Million Mal jeden Tag …

Habt SPASS? Hey, das ist super, wenn man sechs Jahre alt ist und Softball für die Küken-Gruppe im Hort spielt. Aber nach einer Weile nervt dieses ganze Alle-bekommen-einen-Pokal-Getue echt. Wir sind doch keine Babys mehr. Wir wollen GEWINNEN!

»Ich frage mich, wie lange es her ist, dass die P. S. 38 die Jefferson geschlagen hat«, sagt Teddy.

»Was für ein Zufall, dass du das jetzt erwähnst«, mischt sich Francis ein. »Ich hab das nämlich nur so zum Spaß mal im Schularchiv recherchiert …«

»Vor SIEBEN JAHREN? Worin haben wir denn gewonnen?«, fragt Teddy.

»Beim Debattieren, glaub ich«, antwortet Francis.

»… nächsten Samstag!«

Teddy hat recht. Ich habe versucht, nicht zu viel darüber nachzudenken – schließlich will ich das Pech nicht auch noch anziehen –, aber unser Basketballteam spielt nächste Woche zum ersten Mal seit der Ligameisterschaft wieder gegen die Jefferson.

DAS war vielleicht ein Fiasko. Aber dieses Jahr wird alles anders. Erstens sind wir besser als in der letzten Saison. Und außerdem ist es diesmal ein Heimspiel.

Ein Schneeball knallt mir an den Kopf. Eine Sekunde lang wird es um mich herum dunkel und dann lande ich mit dem Gesicht voraus im Matsch.

Der Schneematsch läuft mir langsam den Rücken hinunter. Ich springe auf.

Zuerst weiß ich nicht, wer es ist; sie kauern hinter einer Steinmauer auf einem kleinen Hügel.

Aber dann steht einer von ihnen auf und ich erkenne eine lila Jacke mit goldenen Ärmeln und einem großen, goldenen *J* auf der Brust.

Wir rennen den Hügel hinauf, aber es ist aussichtslos. Die Knalltüten von der Jefferson haben einen Riesenberg Schneebälle vorbereitet, und für jeden Schneeball, den wir auf sie werfen, bekommen wir ein Dutzend zurück. Es ist wie eine Lawine. Uns bleibt nur noch eins:

RÜCKZUG!

Wir rennen, bis wir außer Reichweite der Schneebälle sind ... Aber wie sie uns auslachen, können wir noch immer hören ...

... LAUT UND **DEUTLICH!**

»Das war Nolan«, sagt Teddy schnaufend.

»Wer?«

»Er wohnt neben mir«, sagt Teddy nüchtern. »Er ist eine ziemliche Knalltüte.«

»Ach, wirklich?«, schnauze ich zurück und versuche, den Schnee aus meinen Hosen zu schütteln.

Wahrscheinlich sollte ich an dieser Stelle etwas erklären. Vielleicht gibt es in eurer Stadt bloß EINE Mittelschule. Aber WIR haben ganze FÜNF davon. Und die Jefferson ist ganz in der Nähe von der P. S. 38. Praktisch im gleichen Viertel. Deshalb ist die Rivalität auch so groß: weil wir viele von den Kids dort KENNEN.

»Können wir auch noch über was anderes als die Jefferson reden?«, fragt Francis.

»Okay«, fährt er fort. »Was haltet ihr von dem, was Mrs Everett beim Kritzler-Treffen gesagt hat?«

»Ich meinte, was sie darüber gesagt hat, dass es in unserem Klub keine Mädchen gibt.«

Ich zucke mit den Schultern. Die einzige Antwort, die mir darauf einfällt, klingt ziemlich dürftig:

»Mädchen können ja mitmachen, wenn sie WOLLEN«, sagt Teddy. »Aber es hat eben noch keine gefragt.«

»Wir haben SIE ja auch nicht gefragt«, meint Francis und klingt immer mehr wie mein Dad. »Vielleicht sollten wir das.«

Francis ist total entnervt. »Darum geht's doch, Blödmann!«

Ich weiß, worauf Teddy hinauswill. Ja okay, da gibt es schon ein paar Mädels, die vermutlich ganz gute Kritzler wären …

Ich fange an zu zittern, aber nicht wegen des Schnees. Die Vorstellung, dass Gina zu einem unserer Kritzler-Treffen hereinspazieren könnte, hat mir das Blut in den Adern gefrieren lassen.

»Hey, was ist mit Dee Dee?«, sagt Francis. »DIE ist doch künstlerisch begabt!«

»Die ist doch 'ne totale DRAMA-QUEEN.« Teddy runzelt die Stirn.

»Wo wir gerade von Dee Dee sprechen«, sage ich, »das klingt doch ziemlich nach ihr.«

»Das IST sie auch«, stellt Teddy fest, als sie näher kommt. »Schauspielert, als wäre sie auf der Bühne, wie immer.«

Francis schüttelt den Kopf. »Ich glaube nicht, dass sie schauspielert«, sagt er ernst. Wir rennen alle drei auf sie zu.

»Dee Dee! Was ist denn los?«, fragt Francis.

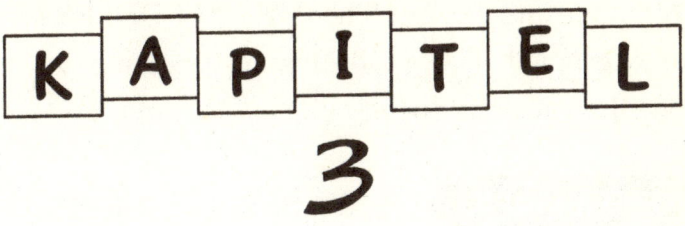

KAPITEL 3

Als wir bei Chad ankommen, liegt er mitten am Gehweg auf dem Rücken wie eine umgedrehte Schildkröte.

Bleib mal locker, Dee Dee. Du bist doch kein Arzt. Und nur weil du in der zweiten Klasse mal die Krankenschwester Autschie im Theaterstück »Der Frosch ist krank« gespielt hast, heißt das noch lange nicht, dass du weißt, wovon du redest.

»Wo tut's weh, Chad?«, fragt Francis.

»Mein Hintern«, stöhnt Chad.

Mit großer Geste zückt Dee Dee ihr Handy.

»Ein Notfall?«, meint Teddy. »Er hat sich bloß auf den Hintern gelegt!«

»Da wäre ich mir nicht so sicher«, sagt Francis, als wir

Chad wieder auf die Füße helfen. »Ich hätte da eine andere Diagnose.«

»Wie TRAGISCH!«, jammert Dee Dee, als hätten wir Chad gerade gesagt, er habe nur noch zwei Wochen zu leben.

Kein Wunder, dass Teddy sie vorhin Drama-Queen genannt hat. Sie schafft es wirklich, aus jeder Situation eine Riesentragödie zu machen. Mit ihr selbst in der Hauptrolle.

Wir ignorieren sie einfach. »Kannst du gehen?«, frage ich Chad.

Er macht ein paar Schritte, dann zuckt er zusammen. »KÖNNEN schon«, sagt er kläglich, »aber es fühlt sich nicht gerade gut an.«

Also ruft Dee Dee Chads Mutter an, und wir warten mit ihm, bis sie auftaucht.

»Ach«, seufzt Dee Dee, als sie davonfahren, »der arme Chad!«

Damit hat sie recht. Am nächsten Tag in der Schule sitzt Chad auf einem Donut.

Ich meine einen MEDIZINISCHEN Donut. Das ist ein riesiger aufblasbarer runder Schlauch, fast wie ein Rettungsring. Wenn er von Klasse zu Klasse geht, sieht es aus, als schleppe er einen Toilettensitz mit sich herum.

Also hatte Francis recht gehabt. Es WAR das Steißbein.

Chad tut mir leid. Nicht nur weil er sich verletzt hat,
sondern weil … na ja, ein gestauchtes Steißbein zu
haben, ist irgendwie peinlich, oder? Ich meine, es gibt
verschiedene Arten von Verletzungen …

Ich hab Glück. Ich hatte noch nie eine von diesen peinlichen Verletzungen.

»Gütiger Himmel!«, ruft Mr Rosa erschrocken. »Nick, bist du okay?«

»Ja. Ich bin okay«, sage ich, als ich mich vom Boden aufrapple.

»Wo ihr gerade alle hier seid«, fährt Mr Rosa fort. »Ich finde, Mrs Everett hatte gestern recht ...«

Nicht DAS schon wieder. Warum den Klub verändern? Warum in was reinpfuschen, wenn es perfekt ist?

»Jungs sind nicht die Einzigen, die wegen Comiczeichnens nachsitzen müssen«, sagt Mr Rosa schmunzelnd. »Mädchen können auch ziemlich wild auf Comics sein!«

Wir starren ihm nach, als er über den Flur verschwindet. »Rekrutieren«, brumme ich. »Na, supi-duh!«

»Wen sollen wir denn rekrutieren?«, überlegt Teddy.

Äh, WO jetzt? Alles, was ich sehe, ist ein Plakat für die Party morgen Abend.

»Das hat Dee Dee gemalt!«, erklärt Francis

Ich schau mir das Plakat genauer an. Okay, ein Hoch auf Dee Dee. Sie hat eine halbwegs anständige Möwe hinbekommen. Aber warum sollte sie deshalb gleich den Kritzlern beitreten?

Ich will nicht, dass unsere Treffen zur »Wundervollen Dee-Dee-Show« verkommen.

»Gibt es keine anderen Mädchen, die wir rekrutieren könnten?«, frage ich hoffnungsvoll.

Da wirft Teddy ein: »Was ist mit Jenny?«

Ich zucke zusammen. Jenny wäre eine Spitzenkritzlerin. Das ist klar. Aber es gibt da ein Riesenproblem:

Und – frag mich nicht, warum – Jenny und Artur sind immer noch zusammen. Wenn sie also dem Klub beitritt, werden die Mittwochtreffen vermutlich zu …

Ürgh. Soll ich etwa Comics zeichnen, während die beiden gegenseitig ihre Sommersprossen zählen? Da esse ich ja lieber Eiersalat. Oder hey, da BADE ich sogar lieber in Eiersalat.

»Ich hab schon mit Jenny gesprochen«, lüge ich. »Sie kann nicht.«

»Dann ist es ja entschieden!«, verkündet Francis und klatscht in die Hände. »Dee Dee macht mit!«

Teddy verzieht das Gesicht. »Wer soll sie fragen?«

»Wir knobeln es aus«, schlägt Teddy vor. »Gerade oder ungerade?«

»Gerade«, sage ich unwillkürlich. Ich nehme IMMER die Geraden.

Mist. Ich WUSSTE, ich hätte die Ungeraden nehmen
sollen.

Ich gehe ins Cafetorium und zerbreche mir den Kopf
darüber, wie ich aus dieser Nummer nur wieder raus-
komme. Doch dann muss ich an das denken, was Mr
Rosa noch zu uns gesagt hat:

Und wie's der Teufel so will, rate
mal, wer am ersten Tisch sitzt?
Dee Dee und ihre Schar bester
Freundinnen aus der Theater-AG.

Sie hört mich nicht. Warum überrascht mich das jetzt nicht?

»Dee Dee!«, brülle ich ein paar Dutzend Mal. Irgend-wann dreht sie sich dann doch um.

»Was gibt's, Nick?«, fragt Dee Dee.

»Hm? Äh … also, es …«, stammle ich. »Ich … ähm … wollte dich was fragen.«

»Okay, leg los!«

Eine abgebissene Stulle zischt an uns vorbei und wäre mir beinahe an den Kopf geknallt. Einen Moment lang verliere ich den Faden.

»Ich … äh … was wollte ich gleich sagen?«, murmle ich ein wenig verwirrt.

»Schon okay«, zirpt Dee Dee. »Ich weiß schon, was du fragen wolltest, und KLAR …«

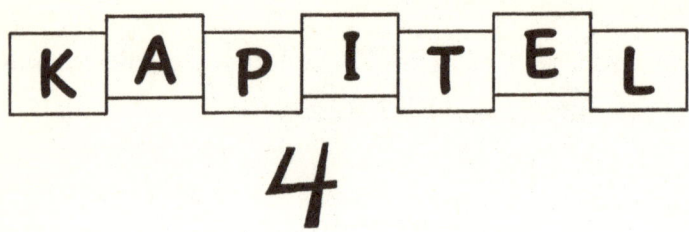

KAPITEL 4

Okay, lasst mich was klarstellen: Bevor ich Dee Dee frage, würde ich eher MRS GODFREY fragen, ob sie mit mir auf 'ne Party geht. Aber ich fürchte, das zählt jetzt nicht mehr.

Was zählt, ist, sie DACHTE, dass ich sie frage. Bevor ich das klarstellen konnte, hatte sie bereits das gesamte Cafetorium informiert.

Dee Dee hat eine Stimme, mit der man ein Loch in ein gepanzertes Kriegsschiff bohren könnte, also wussten auf der Stelle alle Bescheid: Sie und ich würden zusammen auf die Party gehen.

So kam es, dass ich hier landete: am Freitag um zehn nach sieben in ihrer Straße.

Einen Moment überlege ich, einfach wieder heimzugehen. Aber das würde nie klappen. Dafür würde die Elternpatrouille schon sorgen.

Abgesehen davon will ich die Party auch nicht verpassen. Sie sind zwar immer irgendwie schrottig, aber ich MAG Schulpartys. Und ICH weiß wenigstens, was ich da tue – im Gegensatz zu so manch ANDEREN. Schau dir mal diese sogenannten Moves an:

P.S. 38 — TANZFLÄCHE der SCHANDE!

In den Hauptrollen ...

FRANCIS

Er ist mein bester Freund, aber so was von steif. Er bewegt sich wie ein Faultier im Ganzkörper-Gips.

Mach ich's richtig?

Äh ... nö.

TAPP TAPP

DAS CHEERLEADER-TEAM

~~Sie tanzen nur im Pulk, und immer wenn ein guter Song kommt, flippen sie total aus.~~

♫ ♪ KREEIIISCH!

BOOM
CHACKA
BOOM
CHACKA
♫ ♪

Ich **LIEBE** diesen Song!

SETH QUINCY AKA WATTESTÄBCHEN

PONG!

Stell dir eine Vogelscheuche im Windkanal vor. Wenn Wattestäbchen zu zappeln anfängt, werden seine Ellenbogen und Knie zu tödlichen Waffen.

Wie dem auch sei, es sieht so aus, als sei ich dazu verdammt, mit Dee Dee auf die Party zu gehen. Aber wie soll ich das bloß machen …

… OHNE DASS SIE AUF DIE IDEE KOMMT, ICH WÜRDE SIE … SCHLUCK … **MÖGEN?**

Antwort: Ich habe absolut keine Ahnung! Aber ich will auf keinen Fall, dass alle denken, ich sei jetzt Dee Dees Seelenverwandter. Ich muss ihr jetzt gleich sagen …

Ach du Schande. Wo hat sich Dee Dee bloß die Haare schamponiert – in der Obst- und Gemüseabteilung des Supermarkts? Ich bin so baff wegen ihrer Früchtepyramide auf dem Kopf, dass ich meine »Nur Freunde«-Rede ganz vergesse. Dann sag ich ihr's eben auf dem Weg zur Party.

Oder vielleicht auch nicht. Ich versuche es ja, aber ich komme einfach nicht zu Wort. Dee Dee hört nie mit ihrem Gequassel auf. Ich kapier das nicht: Wann holt die denn mal Luft?

Als wir bei der Schule ankommen, habe ich für eine ganze Weile genug aus Dee Dees Welt gehört. Eigentlich für immer. Wir betreten das Foyer und …

Das ist Randy Betancourt, die Arschgeige der Schule. Er ist genauso wie Chads gestauchtes Steißbein: total nervig!

Er kichert und schenkt uns sein typisches Randy-Grinsen. Kurz gesagt, ich hätte gute Lust, ihm ein Stück Obst um seine fette Riesennase zu hauen. Immerhin hätte Dee Dee ja einen Kopfvoll Munition. Aber dann ...

Das Grinsen verschwindet aus Randys Gesicht, so schnell kann man gar nicht schauen. Er sieht völlig perplex aus. Hey, ich bin auch etwas perplex. Ist das gerade wirklich PASSIERT?

Sie zuckt mit den Schultern. »Er hat's verdient«, sagt sie, als wir unsere Jacken aufhängen. »Wenn zwei Freunde zusammen auf 'ne Party gehen …«

Ich könnte Dee Dee jetzt daran erinnern, dass sie sogar aus Bleistiftspitzen 'ne große Sache machen kann, aber ich lass es. Ich bin zu sehr damit beschäftigt, einen Seufzer der Erleichterung auszustoßen. Hast du gehört, wie sie uns gerade genannt hat?

Dann mag sie mich NICHT! Zumindest nicht »SO«. Ich kann mich also locker machen. Dee Dee wird nicht rührselig werden und mir lauter dämliche Kosenamen verpassen wie Lämmchen, Knödelchen, Flauschehäschen, Kuschelkäfer ...

... HONIGBIENCHEN, ZUCKERPOPEL, LUSTPANDA ...

NICK! HALLOOHO? **NICK!**

ICH ZIEH JETZT MEINE STRAND-SACHEN AN.

Gute Idee. Ich schnapp mir meinen Rucksack und verschwinde im Jungsklo. Ich bin noch immer ziemlich erleichtert.

Zu wissen, dass Dee Dee nicht wild entschlossen ist, aus mir ihr Liebesäffchen zu machen, hat mir den ganzen Abend gerettet.

Er verschwindet – und mit ihm all meine Klamotten! Ich blicke an mir hinunter, auf das, was ich anhabe, und ein ziemlich flaues Gefühl macht sich in meiner Magengrube breit. Weiße Unterhosen und lange Socken gehen wohl nicht als »Strandklamotten« durch.

Ich spähe hinaus, in der Hoffnung, ein freundliches Gesicht zu entdecken. Und in der Hoffnung, dass MICH niemand entdeckt. Bei meinem Glück wäre es kein Wunder, wenn ich gleich einem Reporter der Schülerzeitung in die Arme laufe.

Das Foyer ist leer. Alle sind bereits in der Turnhalle verschwunden. Wenn ich nicht dort hineinspazieren will wie ein Flüchtling aus einer Nudistenkolonie, dann sitz ich hier fest.

Sie bleibt stehen und kommt dann zögerlich näher. »Nick?«, fragt sie. »Was machst du da?«

Ich druckse herum. Das Ganze ist ziemlich peinlich. Aber was hab ich noch zu verlieren? Und wir sind ja FREUNDE, oder nicht? Das hat Dee Dee selbst gesagt. Außerdem: Ich brauche dringend Hilfe.

Sie macht ein finsteres Gesicht. »Der ist ja noch ein größerer Trottel, als ich dachte«, knurrt sie. Dann hellt sich ihr Gesicht auf.

Warte hier? Sehr witzig. Wohin glaubt sie denn, dass ich SO gehe?

Das muss so ein Drama-Queen-Grundsatz sein: Sei immer auf einen Kostümwechsel vorbereitet. Ich hab keine Ahnung, was in der Tasche ist, aber ich bin nicht wählerisch. Es kann nur besser sein als das, was ich jetzt anhabe.

»Du siehst großartig aus!«, ruft Dee Dee strahlend.

»GROSSARTIG?«, schnaube ich ungläubig. »Ich hab ein KLEID an!«

»Das ist ein Bastrock, du Leuchte«, sagt sie nüchtern, während sie mich zur Sporthalle zerrt.

Toll. Hawaii ist achttausend Kilometer weit weg und ich sehe aus wie ein Vollpfosten. Aber wen interessieren schon solche Details?

Ab geht's in die Turnhalle, und ich bete, dass mich keiner beachtet, weil alle zu beschäftigt mit Tanzen sind. Aber dann …

Ein Pulk Schüler schart sich um uns. Ich kann mich auf was gefasst machen.

Moment, was ist denn hier los? Keiner zeigt mit dem Finger auf mich? Keine Beleidigungen? Was ist bloß mit denen LOS?

»Das ist so toll, Nick!«, ruft jemand. »Du siehst GENAUSO aus wie die!«

Ich will gerade fragen, wer »die« sind … da fällt mein Blick auf die Bühne.

Ich bin genauso angezogen wie die Bandmitglieder. Oder vielmehr sind die genauso angezogen wie ich.

»Kennst du die Jungs?«, will einer von mir wissen.

»Woher wusstest du das, Nick?«, fragt ein anderer.

»Ich … also … äh …«, stammle ich. Mir fällt einfach nichts ein. Aber Dee Dee schon.

MANCHE LEUTE WISSEN EINFACH, WAS EIN GUTER AUFTRITT IST!

Und damit hat sich's. Ich bekomme noch ein paar Komplimente, dann fangen alle wieder an zu tanzen und lassen mich und Dee Dee am Buffet stehen.

Hmmm. Was jetzt? Vermutlich sollte ich ihr irgendwas sagen wie:

Aber das ist es nicht, was ich rausbringe. Stattdessen sage ich:

»Von der Theater-AG«, sagt sie. Dann wirft sie sich in Pose und stößt einen so tiefen Seufzer aus, dass es mir fast das Hemd auszieht. »Ich liebe die Theater-AG!«

Ja, Dee Dee, wir wissen's. Ohne die Theater-AG hätte das Leben keinen Sinn.

Plötzlich fällt mir wieder ein, was ich vorhatte, als die ganze Sache hier begann: REKRUTIEREN!

Ich erzähle ihr von unserem Klub und was für ein toller Betreuer Mr Rosa ist. Ich berichte von den witzigen Zeichenspielen, die wir bei unserem Treffen machen, wie Ergänz-es, Verbinde-die-Sommersprossen und das Godfrey-Spiel.

»UND«, fahre ich fort, »wenn du mitmachst, bist du das erste Mädchen, das JE bei den Kritzlern war.«

»Schon überredet«, verkündet sie wie aus der Pistole geschossen.

»Großartig!«, sage ich, und ich meine es auch so … in der Art.

»Lass uns rocken!«, ruft Dee Dee, und wir stürmen gemeinsam die Tanzfläche.

Puh. Abgesehen von der Tatsache, dass meine Klamotten wahrscheinlich in irgendeiner Mülltonne stecken, ist das ja alles noch mal gut ausgegangen!

Ich finde zwar immer noch, dass Dee Dee mal von ihrem Drama-Queen-Ton runterkommen sollte, aber sie hat wenigstens diese Party nicht zu einem totalen Desaster werden lassen. Sie ist schon okay.

»Hast du auch was Nasses gespürt?«, fragt sie plötzlich.

Häh? NASS? Seltsam. Vielleicht ist ja eine der Mandarinen auf ihrem Kopf geplatzt.

KAPITEL
5

Okay, vielleicht war es nicht GENAU SO. Ich hab mich bloß einer kleinen Sache bedient, die wir Comiczeichner künstlerische Freiheit nennen.

Aber in der Turnhalle hat es wirklich geregnet. Und ich habe Dee Dee gerettet … irgendwie. Hier kommt die wahre Geschichte:

Die Anstandswauwaus bemerkten den Regen anfangs gar nicht. Sie waren viel zu sehr damit beschäftigt, sich am Buffet vollzustopfen. Aber plötzlich ging der Feueralarm los. Erst DANN kamen sie in die Pötte.

Doch da war gar kein Feuer. Und der Regen kam auch nicht von einem undichten Dach. Nachdem sie uns eilig aus der Turnhalle ins Foyer gescheucht hatten, erklärte uns Direktor Nichols, was los war.

Dee Dee wirkte niedergeschmettert. »Also das ist ja mal nicht sehr dramatisch«, murrte sie.

»Ich fürchte, wir müssen die Party ein bisschen früher beenden«, fuhr Direktor Nichols fort.

DANN wurde die Sache verrückt. Es war ein totales Durcheinander. Wir standen alle eng beisammen und suchten unsere Sachen zusammen, es regnete noch immer, noch immer ging der Alarm, und Trainer John marschierte herum wie ein durchgeknallter Feldwebel.

Als ich rausging, war es, als wäre ich in einer riesigen Schneekugel gelandet. Keine Frage – ich liebe Schnee. Aber warst du schon mal mit 'nem Baströckchen in einem Blizzard? Mein Hintern fühlte sich an wie ein Eis am Stiel.

Mmm, Marshmallows! Meine Lieblingsspeise. Ich wollte den Jungs schon hinterher, aber dann …

»Äh … vielleicht tauchen sie ja am Montag in der Fundgrube auf«, sagte ich zu ihr. Übersetzung: So ist das Leben, Dee Dee. Find dich damit ab.

»Aber was JETZT?«, jammerte sie. »Ich kann doch nicht mit SANDALEN durch den Schnee nach Hause gehen!«

Ganz offensichtlich fror ihr nicht der MUND ab. Aber ich musste zugeben, dass ich ihr irgendwie was schuldig war. Wenn Dee Dee nicht gewesen wäre …

Das lausige Ende eines lausigen Abends. Nicht dass ich Dee Dee bloß auf dem Rücken nach Hause trug, sie spielte dabei auch noch Szenen aus ihren Lieblingspferdefilmen nach.

Merke: Frage NIE WIEDER, nicht mal aus Versehen, ein Mädchen, ob es mit dir auf eine Party geht!

Ich sehe ein blinkendes Licht, das aus Francis' Fenster kommen muss. Das ist unser Geheimsignal! Ich schnapp mir mein Fernglas und spähe durch die Schneeflocken hinüber.

Hoffentlich ist bald morgen!

Um exakt zehn Uhr am nächsten Morgen stehen Francis und ich am Fuß von Klaffis Klippe. Es ist eigentlich gar keine richtige Klippe, aber der steilste Hügel der Stadt. Perfekt zum Rodeln!

»Ich frage mich, wo Teddy ist«, sage ich.

Francis bekommt große Augen, als er an mir vorbeischaut. »Wow!«, ruft er. »TEDDY!«

»Hab ich mir selbst gekauft!«, sagt Teddy stolz. »Das Geld hab ich beim Schneeschippen verdient.«

Jetzt bin ich echt scharf drauf, Klaffis Klippe in Angriff zu nehmen. Wir stapfen hinauf, und nachdem Teddy ein paarmal selbst gerodelt ist, lässt er Francis und mich auch damit fahren. Es ist der Wahnsinn!

»Das ist VIEL schneller als ein normaler oller Schlitten!«, jauchze ich nach meiner ersten Rodelfahrt.

»Ich frag mich, was der Geschwindigkeitsweltrekord bei Schneereifen ist«, meint Francis.

»Los, schlag's nach, Streber«, sagt eine barsche Stimme.

Es ist Nolan, die Knalltüte, die uns neulich aus dem Hinterhalt angegriffen hat. Und es sieht so aus, als hätte er das halbe Ringerteam der Jefferson im Schlepptau.

»Wir fahren aber gerade damit«, erklärt ihm Teddy.

»Oh, BITTE!«, sagt Nolan mit gespielt gekränkter Stimme.

Er reißt ihn Teddy einfach aus der Hand. Dann stürzen sich er und seine Gang darauf.

»Hey, hört AUF!«, schreit Teddy. »Der Reifen hält bloß zwei Leute aus!«

Sie stoßen sich ab, den Hang hinunter. Aber sie kommen nicht weit. Bei der ersten Bodenwelle heben sie ab und …

KATASTROPHE!!

Als wir bei dem Reifen ankommen, ist er platt wie ein
Pfannkuchen, und Nolan und seine Gang spazieren
davon.

»Schlechte Nachrichten, Blödmann!«, ruft er.

Wir sind total machtlos. Was hätten wir tun sollen, uns mit ihnen PRÜGELN? Die Typen sind riesig. Sie hätten uns die schlimmste Abreibung überhaupt verpasst.

Teddy weint fast und ich kann's ihm nicht verdenken. »Ich bin erst zweimal damit gefahren«, sagt er kläglich.

»Bringen wir ihn nach Hause«, sage ich. »Wir können versuchen, ihn zu flicken.« Aber wir sehen alle, dass er hinüber ist.

Wir trotten schweigend vor uns hin, bis …

Ein Haufen Lieferwagen und Lkws stehen vor der Schule herum, als wäre Nachmittags-Abholzeit. Aber was soll die ganze Action am Samstag?

»Da ist Dee Dees Vater«, sagt Francis und zeigt auf einen bulligen Typen auf dem Gehweg.

»Später«, sagt er. »Aber erst müssen wir sauber machen! Dadrinnen herrscht CHAOS.«

Ihr wollt Schimmel bekämpfen? Kein Problem. Schließt die Schulkantine.

Francis schaut verwirrt. »Aber wie können wir Unterricht haben bei alldem hier?«, fragt er.

Dee Dees Vater zuckt mit den Schultern. »Könnt ihr nicht«, sagt er.

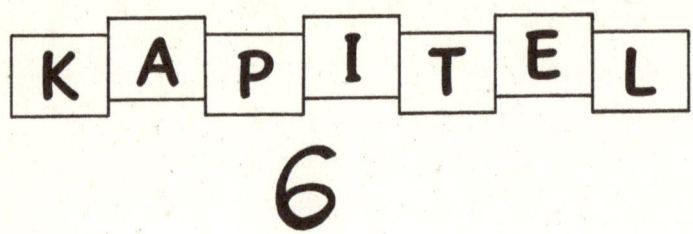

6

Willkommen am glücklichsten Tag meines Lebens.

»Ja, ich weiß«, sagt Dad, während wir alle unsere Schneeanzüge ausziehen. »Ich hab es gerade in der E-Mail von eurem Direktor gelesen.«

»Steht da auch was über meinen Masterplan für Montagmorgen?«, frage ich. »Ich werde früh aufstehen und mich vor die Einfahrt stellen …«

Dad wirft mir ein komisches Lächeln zu. »Apropos Jefferson …«, fängt er an.

Ich stöhne. »Ürg. Können wir bitte nicht über die Jefferson reden, Dad? Diese Schule ist echt die volle Trottelzentrale.«

Er zieht die Augenbraue hoch. »Ach, echt?«, fragt er. Dann zuckt er mit den Schultern. »Na gut, ich sag ja schon nichts mehr.«

Hä? Warum? Damit wir Direktor Nichols' packende Beschreibung vom Schimmel im Lehrerzimmer lesen können? Nein, danke. Da haben wir Besseres zu tun.

Francis starrt auf Dads Laptop. »Die Ferien könnt ihr vergessen«, sagt er. »Hört euch das an.«

> Während der Instandsetzung der P.S. 38 wird kein Unterricht versäumt. Unsere oberste Priorität besteht darin, die Fortsetzung des Lehrbetriebs ohne Unterbrechungen zu gewährleisten.

»WAS??«, rufen Teddy und ich wie aus einem Munde.

»Mit anderen Worten, wir müssen trotzdem zur Schule gehen«, stellt Francis fest.

»Und wo bitte, in 'nem Iglu vielleicht?«, fragt Teddy.

Francis liest weiter:. »Die nächsten zwei Wochen findet
der Unterricht auf dem Gelände unserer benachbarten
Lehranstalt statt, der …

Das kann doch nicht wahr sein! DAS IST EIN SKAN-
DAL!!!

Aber dann rufen Francis und Teddy zu Hause an und
rate mal? Ihre Eltern haben genau die gleiche E-Mail

bekommen. Was für ein
Schlag in die Magengrube.

Ich fühle mich platter als
Teddys Schneereifen. Zwei
Wochen lang in eine andere
Schule zu müssen, ist ja
schon ätzend genug … aber

in die JEFFERSON?? Die finden uns eh schon erbärm-
lich. Das ist jetzt so ziemlich der Beweis.

»Ich verzieh mich«, brummelt Teddy.

Ich weiß, was sie meinen. Der Tag ist schneller schlecht geworden als Dads Thunfischauflauf. Ich schau ihnen nach, trotte nach oben und lasse mich aufs Bett plumpsen.

Das kommt mir bekannt vor. (Und ich meine damit nicht mein Bett, Mann!) Ich meine, dass ich so eine Situation kenne, in der alles erst ganz toll schien und sich dann in einen Riesenkack verwandelt hat. Das war so:

FOLGE HEUTE:

UMZUG INS PECH

Eines Tages letzten Sommer waren Teddy und ich auf dem Weg in den Park ...

SCHAU!

Immobili... ...ndy 74-4755 VERKAUFT

Ein »VERKAUFT«-Schild vor MRS GODFREYS Haus!

Immob... VERKAUFT ...dy 74-4755

MRS GODFREY ZIEHT WEG!!

Tags drauf kam ein großer Lkw.

Potthässliche Couch!

OSS ZÜGE

Wir sahen sie einladen und wegfahren!

Sie ist WEG!

Ein WUNDER!

Meine Stimmung hatte sich bis Montagmorgen nicht wesentlich gebessert, als die Jungs und ich den langen, mühseligen Weg zur Jefferson antraten.

Wir drehen uns um und sehen Dee Dee kommen. Klar. Wer sonst würde auch am Montagmorgen um halb acht »Juh-huuh« schreien?

»AUFREGEND?«, wiederhole ich ungläubig.

»Ja genau …« Teddy verdreht die Augen und sein Gesichtsausdruck fragt: »Und von welchem Planeten kommst du?«

»Das kümmert mich kein bisschen!«, erwidert Dee Dee. »Wenn die Leute lachen, heißt das, sie BEACHTEN dich.«

Das verschlägt Dee Dee die Sprache … für vielleicht zwei Sekunden. Dann knallt sie uns das hin:

Wir erstarren. Alle drei glotzen wir sie an wie vor den Kopf gestoßen.

»Na, STIMMT DOCH!«, sagt sie. »Warum habt ihr denn solche Angst vor den Leuten von der Jefferson?«

»Wir haben keine ANGST vor ihnen«, schieße ich gegen.

»Niemand gewinnt IMMER«, erklärt sie.

ICH WETTE, **UNSERE** THEATER-AG KÖNNTE **IHRE** SCHLAGEN!

Ooh. Danke, Dee Dee. Das nächste Mal, wenn irgendwelche Schläger von der Jefferson mir Schneebälle an den Kopf schmeißen, werde ich sie daran erinnern, dass sie es mit der P.S. 38 aber nicht in der entscheidenden Disziplin des Musiktheaterspiels aufnehmen können.

Unterdessen labert sie immer weiter. »Ich sag ja nur, dass …«

... JEDER BESIEGT WERDEN KANN!

Jeder hat eine **ACHILLESFERSE!**

Okay. Was auch immer das heißen soll. Ich hab echt keine Zeit, darüber nachzudenken, weil …

Mir fällt die Kinnlade herunter. Alter Schwede. Das ist 'ne Schule? Sieht aus wie ein MUSEUM.

Überall sind Glasvitrinen, in denen bis obenhin haufenweise Trophäen stehen. Es gibt Wandgemälde und von der Decke hängen Mobiles. Es gibt sogar ein OBER-LICHT. Und in der Mitte des Foyers auf einem riesigen Sockel …

... steht ein Ritter.

Ein RITTER! Sie haben ja immer damit angegeben, dass sie ein besseres Maskottchen haben als wir ... und vielleicht haben sie recht. Verglichen mit König Artus hier, sieht der Rotluchs aus Stoff im Foyer unserer Schule aus, als hätten wir ihn aus der Mülltonne gefischt.

»Willkommen in der Jefferson-Schule!«, ertönt eine Stimme zu unserer Linken.

ICH BIN DIE DIREKTORIN, MRS WILLIGER!

UND ICH FREUE MICH **SEHR**, DASS IHR HIER SEID!

»Wir uns auch!«, flötet Dee Dee zustimmend. Offenbar fühlt sie sich zu unserer Sprecherin berufen.

»Es ist noch viel Zeit bis zur ersten Stunde«, erklärt uns Mrs Williger.

Zu Hause? Ja klar. Dieser Ort hier ist ungefähr so heimelig wie der Grand Canyon.

Francis hat recht. Je länger wir uns umschauen, desto mehr gibt es zu sehen.

»Toll hier, was, Kinder?«

»Was machen Sie denn hier?«, fragt Teddy. »Ich denke, Sie machen unsere Schule wieder klar.«

Er kichert. »Das überlasse ich lieber Leuten, die sich damit auskennen … wie Dee Dees Vater.«

»Also sind die Lehrer der P.S. 38 auch hier an der Jefferson?«, fragt ihn Francis.

»Allerdings!«, antwortet er.

Mist. Meine Chance auf zwei Wochen Urlaub von Mrs Godfrey wurde gerade …

Klar, leg los, Alter! So PROTZIG wie die Schule hier ist …

Direktor Nichols führt uns durch ein Labyrinth aus Gängen und eine Treppe hinunter.

»Wir sind gleich da!«, sagt er vergnügt und macht eine Metalltür auf. Aber Moment mal … warum steht auf dem Schild denn **AUSGANG?**

»Hier ist es!«, verkündet Direktor Nichols.

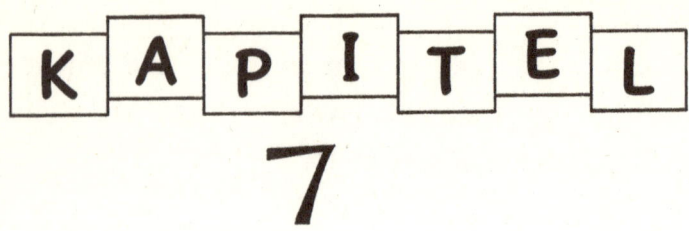

7

Wir stehen an der Hintertür der Jefferson und starren auf ... ähm ... okay, kein Plan, was. Was sind das für Dinger?

»Das sind Klassenzimmermodule, Nick«, erklärt Direktor Nichols. »Die Jefferson hat sie letzten Herbst benutzt, als der Flügel der siebten Klassen renoviert wurde und …«

»Zu unserem Glück«?? Ist das sein Ernst? Was hat es bitte schön mit Glück zu tun, wenn man in riesigen SCHUHKARTONS Unterricht hat?

»Versteht es als tolles Abenteuer!«, sagt er zu uns.

Äh … nö, ist es nicht. Außer dein Campingplatz befindet sich mitten auf einem Parkplatz. Aber natürlich MUSS Direktor Nichols das sagen. Ätzendes Zeug gut klingen lassen ist eine Sache, die ALLE Erwachsenen gut können.

Direktor Nichols führt uns zu einer der Schuhschachteln. »Ihr seid in Raum 6.«

»Hast du gehört, Nick?«, platzt Teddy heraus. »Raum 6!«

Er öffnet schwungvoll die Tür und da ist auch schon Mrs Godfrey. An der P.S. 38 ist sie immer umgeben von Büchern, Landkarten und anderen Folterinstrumenten. Hier hat sie bloß einen wackligen kleinen Tisch. Es ist irgendwie anders als sonst.

Anders, aber genau gleich.

»Hmpf«, grummle ich und sehe mich um. »Die ECH-
TEN Klassenzimmer hier sind alle herausgeputzt mit
Wandgemälden und Pos-
tern und so …«

Teddy nickt. »Genau, das
Einzige, was man zu sehen
bekommt, ist …« Er zeigt
wortlos auf Mrs Godfrey.

»Nicht gerade ein malerischer Anblick.« Ich kichere.

»Aber seht mal die VORTEILE, Jungs«, klinkt sich
Francis ein. »Sie haben uns von den Schülern der Jefferson getrennt, also …«

Hm. Da ist was dran. Nachdem das Klassenzimmer sich
gefüllt und es gegongt hat, fühlt es sich an wie jeder

andere hirnverbrutzelnde, hinternbetäubende Schultag. Gegen Ende der dritten Stunde haben wir fast schon vergessen, dass wir überhaupt an der Jefferson sind.

Und dann kommt die Pause.

Sogar eine Schickimicki-Schule wie die Jefferson hat bloß EIN Cafetorium. Das bedeutet, sie MÜSSEN es mit uns teilen. Als es klingelt, wuseln wir aus unserer kleinen Containersiedlung heraus und hinein ins Hauptgebäude.

»Entschuldige, wo geht's denn zum Cafetorium?«, fragt Francis einen von der Jefferson.

»Mannomann«, murmelt Teddy, als wir weiter den Gang entlanggehen. »Kann dieser Ort noch fatzkenmäßiger werden?«

»Ich frag mich, wie sie die KLOS hier nennen«, meint Francis.

Wir biegen um die Ecke und sehen einen Haufen Kids in die Cafeteria drängen. (Nein, ich werde sie NICHT Speiseparadies nennen.) Da merken wir's: Irgendetwas riecht ...

Das ist komisch. Wir sind es nicht gewohnt, dass ETWAS in der Schule gut riecht. Weil, ganz ehrlich, die P.S. 38 ist der stinkigste Ort der Welt.

»Meine Fresse!«, ruft Teddy. »Seht euch die Speisekarte an!«

Wir trauen unseren Augen nicht. Weit und breit keine Schmorpflaumen in Sicht. Okay, wir müssen die Jefferson ja nicht mögen. Aber ihr ESSEN können wir doch mögen.

»Worauf warten wir?«, sagt Francis.

Ich dreh mich um und sehe Chad mit seinem Steißbeinkissen daherkommen … und ratet mal, wer ihn fies anschaut: Nolan. Teddy hat recht. Das BEDEUTET Ärger.

»Du bist hier nicht mehr an der P. S. 38!«, höhnt er.

Das ist so was von fies. Chad ist das kleinste Kind der gesamten sechsten Jahrgangsstufe. UND er ist verletzt. Das Letzte, was er braucht, ist ein Widerling wie Nolan, der auf ihm rumhackt.

»Oder vielleicht ist es ja gar keine Klobrille!« Nolan lacht.

Ich halte nach einem Lehrer Ausschau, aber da sind keine. Typisch. Wenn man sie nicht brauchen kann, kleben sie an einem wie Pappreis.

Aber wenn man sie wirklich mal braucht? Pustekuchen.

Ich spüre, wie sich meine Hände zu Fäusten ballen. Ich bin Nolan nicht gewachsen. Aber IRGENDWER muss Chad ja helfen.

Sie marschiert rüber zu Nolan und pikst ihm den Finger direkt in den Brustkorb. »Gib ihm sein Kissen zurück!«, fordert sie.

Nolan blickt sich schnell um, um sicherzugehen, dass kein Lehrer hersieht. Dann schlägt er Dee Dees Hand weg. »Verzieh dich!«, knurrt er.

»Er wird Dee Dee umbringen«, sagt Francis. Ich atme tief durch.

Wir parken uns neben Dee Dee und Chad. »Komm schon, Nolan«, sagt Teddy. »Hör auf damit.«

Er lacht Teddy mitten ins Gesicht. »Warum?«, fragt er.

Hm. Okay, so viel zu Dads Mobbingtheorie.

Danke für den weisen Rat, Dad! Ich leg das zu den Akten mit all deinen anderen genialen Theorien wie »Wenn man sein Bett jeden Tag macht, lebt man länger« und »Wenn du sie wirklich kennenlernst, ist Mrs Godfrey bestimmt eine sehr nette Person«.

»Gib es her!«, schnauzt Dee Dee plötzlich und versucht, Nolan das Kissen zu entreißen. Aber er ist schneller als sie.

Er wirft es einem aus seiner Clique zu, aber es weicht ein wenig vom Kurs ab.

Als ich merke, dass ich das Gleichgewicht verliere, ist es schon zu spät. Ich kann es nicht mehr verhindern. Achtung da unten!

BATSCH!

Uff! Benommen lieg ich am Boden und hoffe nur, dass ich nicht gerade Chads Klub der gestauchten Steißbeine beigetreten bin.

»Du liebe Zeit! Nick, bist du in Ordnung?« Es ist Direktor Nichols. Super Timing. JETZT taucht er auf?

Mrs Williger ist auch da. Aber sie sieht weitaus weniger freundlich aus als noch heute Morgen.

»Unfug?«, protestiere ich. »Aber ich hab doch …«

»Das klären wir später, Nick«, sagt Direktor Nichols zu mir. »Jetzt wollen wir erst mal versuchen, dich wieder auf die Beine zu bekommen.«

»Wo tut es weh?«, fragt er.

»Mein Handgelenk!«, stöhne ich. Ich versuche, es zu bewegen, und auf einer Skala von eins bis zehn erreicht der Schmerz ungefähr fünfzig.

»Wird er überleben?«, fragt Dee Dee.

»Ich denke, er schafft es«, sagt Direktor Nichols und hilft mir auf.

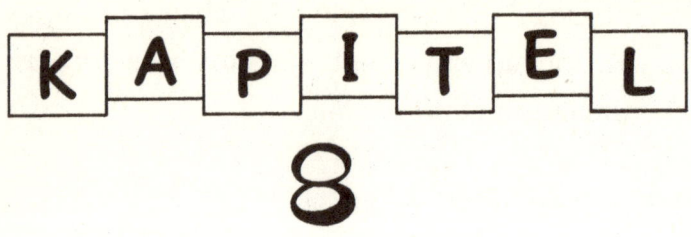

8

»Der Witz war gar nicht so schlecht«, meint Teddy, als
wir am nächsten Morgen in den Kunstsaal gehen. »Ich
mein, für einen Direktor.«

»Witz, pitz«, grummle ich. »Was ist so lustig an einem gebrochenen Handgelenk?«

Ja klar, Francis, das ist zum TOBEN. Und dass ich jetzt einen Monat lang mit ’nem dicken Gips rumrennen muss, ist dann wohl auch ’ne Mordsgaudi?

Ich habe eigentlich immer gedacht, dass es ganz COOL ist, einen Gips zu haben. Als sich Eric Fleury letztes Jahr den Arm gebrochen hat, haben ihn alle wie einen  Star behandelt. Die Mädels standen bei ihm Schlange.

Plötzlich war der Typ ein echter Mädchenmagnet. (Und PS: Er ist bloß auf dem Schulhof gestürzt, als er läppische Kung-Fu-Moves gemacht hat! Ich hab mich wenigstens verletzt, weil ich Chad helfen wollte.)

Wie dem auch sei, Erics ruhmreicher Moment dauerte vielleicht drei Minuten. Danach, hat er gesagt,

war der Gips eine einzige Qual – und, Junge, er hatte recht. In dem Ding schwitzt man. Es juckt wie verrückt. Und langsam fängt es an zu stinken wie Trainer Johns Sportsocken.

Aber das Schlimmste ist, das Ding ist an meiner rechten Hand. Also meiner ZEICHENHAND.

Geniale Schlussfolgerung, Chad! Da gibt es bloß ein kleines Problem: ICH KANN NICHT MALEN!!

Oh, ich hab's schon VER-SUCHT. Es war das Erste, was ich gemacht habe, als ich gestern aus dem Kranken-haus nach Hause kam. Aber mit diesem bekloppten Gips kann ich nicht mal einen Stift halten. Es ist, als hätte man einen Betonfäustling an.

Also bin ich zu Plan B übergegangen: mit links zeichnen.

Miserabel, was? Da hab ich ja im KINDERGARTEN

schon besser gezeichnet. Und Dad hat alles noch schlimmer gemacht mit seinem typischen Eltern-Pseudolob. Ich hasse das.

Also, jetzt wisst ihr, warum ich nicht gerade vor Freude Saltos schlage, als Mr Rosa uns sagt, wir sollen uns an die Arbeit machen. Aber ich versuch's.

»Wieso versuchst du's nicht mal mit der Nase«, zieht Teddy mich auf, nachdem er zugesehen hat, wie ich einen Hund male, der eher aussieht wie eine radioaktive Spinne. ⟶

»Probier DU's doch«, schnauze ich zurück.

»Ich hab ja kein gebroche-nes Handgelenk«, erinnert er mich.

»Okay, Kinder, noch fünf Minuten!«, ruft Mr Rosa. Während wir alle anfangen aufzuräumen, kommt er an unseren Tisch.

»Erinnert ihr euch an Mrs Everett?«, fragt er.

»Klar!«, sagt Francis. »Sie war bei unserem Kritzler-Treffen.«

Nachdem wir Bio überstanden haben (keinen Moment zu früh, denn Mr Galvin hat mal wieder einen neuen Tiefstand auf dem Charisma-Barometer erreicht), machen wir Kritzler uns auf den Weg zu Mrs Everetts Klassenzimmer ...

... zusammen mit unserem neuen Mitglied.

DAS IST JA SO **AUFREGEND!** ICH WAR NOCH NIE BEI EINEM TREFFEN VON COMICZEICHNERN! WIE, GLAUBT IHR, WIRD DAS? WIE VIELE VON DER JEFFERSON WERDEN DA SEIN? ICH KANN'S KAUM ERWARTEN, IHRE COMICS ZU SEHEN! HABT IHR JE EINEN BERÜHMTEN COMICZEICHNER GETROFFEN? WAS, WENN **ICH** EINES TAGES EINE BERÜHMTE COMICZEICHNERIN WERDE?

Dee Dee quasselt wie ein Chihuahua im Zuckerrausch. Wahrscheinlich ist sie ganz heiß darauf, zu hören, für wie TALENTIERT sich alle Mitglieder des tollen C. I. C. doch halten. Oder vielleicht kann sie's auch kaum erwarten, eine meiner lausigen, linkshändigen Zeichnungen zu sehen.

»Scheint ziemlich leise zu sein dadrinnen«, sagt Teddy, als wir uns der offenen Tür nähern. »Bist du sicher, dass wir hier richtig sind?«

»ABSOLUT richtig!«, ruft Mrs Everett und winkt uns herein.

Hier der Schocker: Die Jefferson hat den protzigsten Kunstsaal, den ich je gesehen habe. Und er ist voller Kids, die Comics zeichnen.

Ein paar blicken kurz auf und nicken, aber die meisten nehmen nicht mal Notiz von uns. Sie zeichnen einfach weiter vor sich hin. Mann, das ist hier ja wie am FLIESSBAND.

»Ja.« Mrs Everett nickt. »Sie haben Abgabeschluss.«

»Das ist eine lokale Literaturzeitschrift«, erklärt Mrs Everett. »Sie veranstaltet einen Schreibwettbewerb für Kinder!«

Chad schaut verdutzt drein. »Aber … Comics sind doch keine LITERATUR!«

»Natürlich sind sie das!«, sagt die Lehrerin.

»Ich habe noch Anmeldeformulare, falls ihr interessiert seid«, fügt sie hinzu.

»Bin gleich wieder da.« Mrs Everett lächelt.

Alle plappern aufgeregt durcheinander, während sie zu ihrem Tisch gehen. Außer mir. Ich sage gar nichts.

»Was ist denn los?«, fragt Teddy mich.

»Hm?«, murmle ich.

»Weil ich nicht bei dem WETTBEWERB mitmachen kann, Einstein«, antworte ich. »Ich hab zwar schon die Hälfte von meinem ALLERWITZIGSTEN Dr.-Sündenpfuhl-Abenteuer fertig ...«

Mrs Everett ist zurück. »Warum arbeitet ihr nicht zusammen?«, schlägt sie vor. »Du könntest die Geschichte zu Ende schreiben und einer deiner Mitkritzler könnte die Illustrationen dazu liefern.«

Was? Wo-hoh. Nichts für ungut, Dee Dee, aber du stehst auf meiner Liste nicht gerade ganz oben. Ich tu mich lieber mit Francis oder Teddy zusammen oder …

»Ich finde, das ist eine tolle Idee!« Wie aus dem Nichts taucht Mr Rosa an unserem Tisch auf.

Ach, komm. Ich bin schon mit ihr auf die Party gegangen und hab sie im Baströckchen auf dem Rücken heimgetragen. Hab ich nicht schon genug gelitten? Aber Mr Rosa hat sein glückliches Betreuergesicht auf. Mist. Ich fürchte, die Sache ist entschieden.

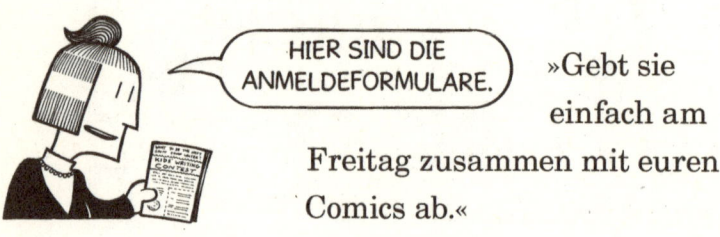

»Gebt sie einfach am Freitag zusammen mit euren Comics ab.«

Dee Dee rutscht mit ihrem Stuhl zu mir. »Erzähl mir von Dr. Sündenpfuhl! Wie ist seine Lebensgeschichte?«

»Ja, schön, aber wir sind hier nicht in der Theater-AG!«, zische ich. »Wir … wir sind …«, ich verstumme.

»Was ist denn los?«, flüstert sie.

Ich sehe mich im Saal um. Alle Jefferson-Schüler sind über ihre Zeichnungen gebeugt.

Das bin ich nicht gewohnt. Die Kritzler-Treffen sind lustig. Bei Mr Rosa dürfen wir reden und Radio hören und knabbern. Hier ist es total anders.

»Du hast recht, Nick, es IST schrecklich still«, sagt Mr Rosa. Dann zwinkert er mir zu. »Aber vielleicht finden die Kritzler ja einen Weg, ein bisschen Schwung in die Bude zu kriegen!«

Er geht hinüber zu Mrs Everett. »Dürfen wir Ihnen und Ihren Schülern ein lustiges Zeichenspiel zeigen?«

»Aber natürlich!«, antwortet sie.

»Nehmt euch alle ein frisches Blatt Papier!«, verkündet Mr Rosa.

»Ihr lernt es beim Spielen!«, sagt Mr Rosa zu ihnen. »Wenn das Spiel zu Ende ist, werdet ihr von Kopf bis Fuß eine komplette Figur gezeichnet haben!«

»Außer dass die Figuren vielleicht gar keinen Kopf HABEN!« Chad lacht. »Oder keine Füße!«

»Ich fang an!«, rufe ich. »Zeichnet … hmmm …«

»… und das ist erst mal alles, was ihr malt!«, sagt Mr Rosa. »Bis der Nächste uns sagt, was wir ergänzen sollen! Wie wär's mit dir, Teddy?«

»Ah!«, ruft Mr Rosa. »Jetzt ist es an euch, Comiczeichner, zu entscheiden, wohin ihr das Holzbein malt.«

Ein Jefferson-Schüler wirkt etwas verwirrt. »Meine Zeichnung besteht bloß aus einer Nase und einem Holzbein im leeren Raum.«

»Perfekt! Ihr macht das gut!«, lobt Mr Rosa sie. »Wer will als Nächstes?«

Ich sag's doch: Um warm zu werden, gibt's nichts Besseres als das Ergänz-Spiel. Als es so weit ist und wir uns gegenseitig unsere Zeichnungen zeigen, lachen sich alle kaputt. Jede der Zeichnungen ist saukomisch. Und ob ihr's glaubt oder nicht, ratet mal, welche mir am besten gefällt? Die ...

… von der Fabelhaften Außergewöhnlichen Meisterhaften Originellen Stilvollen Erstklassigen Nettesten

DEE DEE!

»Das war klasse!«, schwärmt Dee Dee, als wir eine Stunde später Mrs Everetts Klassenzimmer verlassen. »Ich hätte den Kritzlern schon vor JAHREN beitreten sollen!«

»Vor Jahren GAB es uns noch gar nicht!«, betont Francis.

»Es war ein gutes Treffen«, werfe ich ein, »zumindest, nachdem die von der Jefferson angefangen haben, überhaupt mit uns zu REDEN.«

»Ja, ein paar von ihnen waren echt nett!«, stimmt Dee Dee mir zu. »SEHT ihr, Jungs …?«

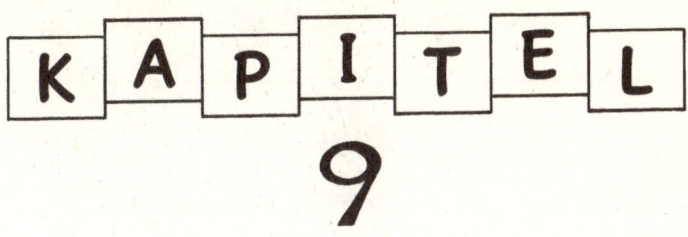

9

Wow! Da kommt ein Mädchen …

Nein, Moment. Ich fang noch mal an.

Da kommt ein TURBOSÜSSES Mädchen auf uns zu und …

… sie schaut mich direkt an! JACKPOT!!

»Du bist doch Nick, oder?«, fragt sie.

»Sehr lässig«, murmelt Teddy. Ich trete ihm hastig gegen das Schienbein.

»Ich wollte dir bloß sagen«, sagt das geheimnisvolle Mädchen, »dass wir es alle ganz toll fanden, wie du es gestern im Speiseparadies mit Nolan aufgenommen hast!«

So war das also für Eric Fleury. »Klar!«, sage ich. »Ich glaub, ich hab auch irgendwo einen Stift …«

»Oh, ich hab einen«, sagt sie schnell und zieht einen Filzstift von der Größe einer Salami heraus.

Moment mal, was? Sie verschwindet um die Ecke und ich höre eine Lachexplosion. Ein Schraubstock nimmt meinen Magen in die Zange, als ich auf mein Handgelenk hinunterschaue.

Dann ist sie wieder da. Nur dass sie diesmal nicht allein ist.

Sie ziehen ab und lachen sich schlapp. Und sicher nicht weil sie sich gerade irgendwelche Witze erzählen.

»Das war ein tricker Faul«, sagt Artur.

»Du meinst ein fauler Trick«, korrigiert ihn Francis.

Dee Dee wirft die Hände in die Luft. »Gib nicht MIR die Schuld!«, protestiert sie. »Ich hab bloß versucht, die SONNENSEITE zu sehen!«

»Hier GIBT es keine Sonnenseite«, seufzt Chad.

Was ist damit? Ich werde von der Bank aus zusehen. Mit diesem riesigen Schweißband aus Gips kann ich schließlich kein Basketball spielen.

»Warte, wird das Spiel nicht verschoben?«, fragt Francis. »Die Turnhalle der P. S. 38 ist nicht in dem Zustand …«

Teddy schneidet ihm das Wort ab. »Wir spielen nicht in unserer Schule. Sie verlegen das Spiel hierher. In die Jefferson.«

Was soll das jetzt? Ist das bloß ein weiteres Beispiel für Dee Dees Seht-mich-an-itis im Endstadium oder …

»Nein«, sagt sie und stemmt die Hände in die Hüften. »Ich will dir bloß klarmachen, wie sinnlos es ist, herumzustehen und zu jammern …«

Offenbar ist Dee Dee, während ich kurz nicht aufgepasst habe, zur Basketballexpertin mutiert. »Okay, Trainer«, sage ich sarkastisch. »Wie sieht dein Plan aus?«

»Ist doch klar, wir müssen die Schwachstelle der Jefferson finden.«

IHRE **SCHWACHSTELLE** FINDEN!!!
MENSCH MEIER, WARUM HAB **ICH** NICHT GLEICH DARAN GEDACHT? DAS IST JA **LEICHT!!**

»Ich habe ja nicht gesagt, dass es leicht ist«, meint sie zu mir. »Aber auch die Jefferson ist nicht unbesiegbar.«

Das ist schon das ZWEITE Mal, dass sie das sagt. Wer ist dieser Achilles-Typ bloß? Und was hat seine FERSE mit der ganzen Sache zu tun?

Später zu Hause versuche ich, es herauszufinden.

»Dad«, frage ich, »was ist eine Achillesferse?«

Wer hat dich bitte gefragt, Ellen? Doch bevor ich sie aufhalten kann, hält sie mir auch schon ein paar Zettel unter die Nase. »Diesen Aufsatz habe ich bereits in der vierten Klasse geschrieben!«, prahlt sie.

Unterschied 7.387.289 zwischen mir und Ellen: Die Aufsätze, die ich geschrieben habe, liegen auf irgendeiner Müllkippe begraben. Ihre dagegen bewahrt sie fein säuberlich in einem Aktenschrank in ihrem Zimmer auf, gleich neben ihrer unbezahlbaren Plastikpandafiguren-Sammlung.

DIE SAGE VON
ACHILLES 1 + ☺

von Ellen Wright   4. Klasse

Im antiken Griechenland verliebte sich die Göttin **Thetis** in einen Sterblichen namens **Peleus**. Ihren Sohn nannten sie **Achilles**.

Als Achilles noch ein Baby war, wollte Thetis, dass er unsterblich ist wie sie selbst, also brachte sie ihn zum **Fluss Styx**. Alles, was seine magischen Wasser berührten, wurde **unverwundbar**.

Thetis hielt Achilles an der Ferse fest und tauchte ihn in den Fluss, ohne zu merken, dass seine **Ferse** dabei nicht mit dem Wasser in Berührung kam!!!

Achilles wurde zum größten Krieger des Landes. Damals herrschte der **Trojanische Krieg** zwischen Griechenland und Troja. Achilles kämpfte auf der Seite der

(Bitte wenden!!) ⟶

Griechen. Zuerst weigerte sich Achilles zwar zu kämpfen, weil er wütend auf **Agamemnon** war, den Anführer des griechischen Heeres. Aber nachdem sein Freund **Patroclus** getötet wurde, zog Achilles doch in den Krieg.

Abertausende trojanische Pfeile trafen Achilles, konnten ihm jedoch nichts anhaben. <u>DANN</u> ...

... traf ihn **ein Pfeil** in die **FERSE** – die einzige Körperstelle, die nicht mit den schützenden Wassern des Flusses Styx in Berührung gekommen war!! Deshalb starb Achilles.

Wenn jemand also sagt, dass etwas eine »**Achillesferse**« ist, dann meint er damit eine winzige Schwäche, die einen in große Schwierigkeiten bringen kann. Ich finde das sehr interessant!! **DU** nicht????

Ende

Hm. Ja, das ist WIRKLICH ziemlich interessant. Aber warum sollte ich IHR das sagen? Es ist doch nicht mein Job, Ellens Ego noch weiter aufzublasen. Die Pumpe ist bei ihr doch sowieso mit eingebaut.

Es klingelt. Ich mach auf.

Bis zu dieser Sekunde hatte ich geglaubt, Dee Dee sei bloß ein wenig eigen. Okay, vielleicht ein bisschen mehr als das … aber im Grunde harmlos. Jetzt bin ich mir da nicht mehr so sicher.

Vielleicht hat sie doch ein paar weitreichendere Probleme.

»Wieso siehst du aus wie 'ne Katze?«, frage ich sie. Ich hätte auch sagen können: »Hast du komplett den Verstand verloren?«

»Ich mach eine Kostümprobe!«, antwortet sie vergnügt. »Und ich bin nicht bloß IRGENDEINE Katze!«

»Das werde ich zum Spiel nächsten Samstag anziehen! Ich werde unser Maskottchen sein!«

»Bist du irre?«, rufe ich. »Du kannst doch nicht SO in der Jefferson auftauchen!«

»Natürlich nicht, Dummerchen!«, sagt sie.

BEIM **SPIEL** HAB ICH NATÜRLICH **SCHMINKE!** UND **SCHNURRHAARE!**

»Aber Rotluchse sind doch WILD!«, erkläre ich ihr. »Du siehst aus, als würdest du bloß mit einem WOLLKNÄUEL spielen können!«

»Ach, pschah!«, macht sie.

»PSCHAH«?

REDEN WIR LIEBER ÜBER UNSERE **COMIC-ZUSAMMENARBEIT!**

»Wenn ich deine ›Dr. Sündenpfuhl‹-Geschichte rechtzeitig zum Abgabeschluss fertig haben will, sollte ich lieber mal loslegen!«

Ach, stimmt, das hatte ich ganz vergessen.

VON DEE DEES VERKLEIDUNG ALS **RIESENFELLBALL** BEKOMMT MAN JA 'NEN **HIRNKRAMPF!**

Ich schnapp mir einen Stapel Papier aus meinem Zimmer. Aber so richtig gefällt mir die Sache nicht. Was, wenn Dee Dee mir meinen Comic total versaut? Was, wenn er ganz DEE-DEE-mäßig wird?

DER ERSTE TEIL IST FERTIG ... UND DEN ZWEITEN TEIL HAB ICH SCHON MIT BLEISTIFT VORSKIZZIERT. DU MUSST ES ALSO BLOSS MIT FILZSTIFT NACHZIEHEN. DU MUSST NICHT ... ÄH ... IRGENDWELCHE KOMISCHEN DETAILS HINZUFÜGEN ODER ... ICH MEIN ... MACH EINFACH KEINE ... ÄHM ... WEISSTE ... ÄNDERUNGEN ODER ... ÖH ... WAS ICH SAGEN WILL, IST...

»Nick, mach dich LOCKER!«, sagt sie. »Ich ruinier dir deinen Comic schon nicht!«

Und was passiert dann? Zwei Tage später reicht Dee Dee »Dr. Sündenpfuhl« ein, OHNE MIR DEN FERTIGEN COMIC ÜBERHAUPT ZU ZEIGEN!

»Ich hatte keine ZEIT, ihn dir zu zeigen!«, erklärt sie mir am Freitag nach der Schule.

Nicht dass ich ihr das nicht glauben würde. Es ist bloß so, dass ich ihn gerne zuerst GESEHEN hätte. Schließlich ist »Dr. Sündenpfuhl« MEINE Erfindung.

Aber was geschehen ist, ist geschehen. Da kann ich nichts mehr tu...

»Hier drinnen!«, flüstert eine Stimme.

»Chad?«, sagt Dee Dee. »Bist du das?«

»Ja!«, flüstert er zurück. »Kommt rein!«

Dee Dee und ich quetschen uns hinein.

»Macht die Tür zu, Leute«, sagt Chad. »Ich glaube nicht, dass wir hier drinnen sein dürfen.«

Im Grunde ist es ein riesiger Schrank, vollgestopft mit allem möglichen Kram: alte naturwissenschaftliche Geräte, die aussehen, als stammten sie aus Frankensteins Labor, ein paar uralte Fahrräder, ein Rasenmäher, eine ausgestopfte Eule …

»Ooh!«, haucht Dee Dee.

»NOCH eine?«, sage ich. »Sie haben doch schon eine im Foyer stehen.«

»Ja«, meint Chad. »Warum brauchen sie die DOPPELT?«

»Weil sie DOPPELT so gut sind wie alle anderen«, knurre ich. »Sie sind von der JEFFERSON.«

»Ich verstecke mich«, antwortet er.

»Du versteckst dich?«, frage ich, als wir wieder in den Gang hinaustreten.

»Da bist du ja, Kleiner!« Nolan grinst höhnisch.

»Wir spielen nicht«, erwidere ich mit zusammengebissenen Zähnen.

»Ach, stimmt, das hatte ich ja ganz VERGESSEN!«, kräht Nolan. »Eure Schule VERLIERT ja alle SPIELE!«

»Das Einzige, was ihr sehen werdet, ist, dass ein ROT-LUCHS einem RITTER nicht das Wasser reichen kann!«, meint Nolan.

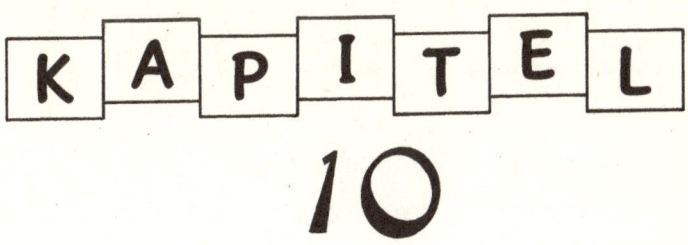

KAPITEL 10

Man darf nicht immer alles glauben, was man sieht. Wie zum Beispiel bei dieser Anzeigetafel.

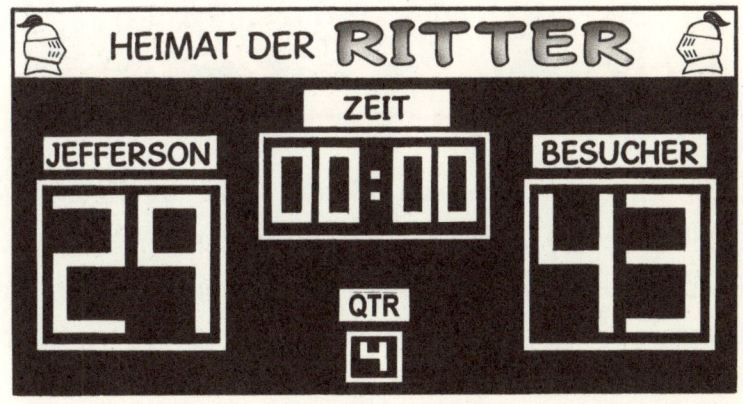

HEIMAT DER RITTER

ZEIT
JEFFERSON   00:00   BESUCHER
29   43
QTR
4

Jetzt denkt man wahrscheinlich: wow! Sie haben's geschafft. Die P.S. 38 hat die Jefferson 43 zu 29 geschlagen!

Tja, falsch gedacht.

Die Anzeigetafel kann bloß zweistellige Zahlen anzeigen. Wir hatten 43 Punkte, okay. Aber die Jefferson hatte nicht 29 Punkte. Sie hatte …

Und alles, was ich tun konnte, war dasitzen und ZUSCHAUEN. Am liebsten wäre ich aufs Feld gelaufen und hätte den Knalltüten mit meinem Gips eine übergebraten … aber ich hielt mich zurück. Ich wollte mir das Handgelenk nicht wieder brechen.

Chad saß neben mir auf der Bank und machte Fotos fürs Jahrbuch. Großartig. Daraus können wir eine Seite machen mit dem Titel »Die peinlichsten Momente«.

Armer Trainer. Normalerweise ist er Mr Positiv, aber jetzt sieht er aus, als hätte er gerade a) seinen Hund, b) seinen besten Freund und c) ein Basketballspiel verloren ... MIT SECHSUNDACHTZIG PUNKTEN RÜCKSTAND!!

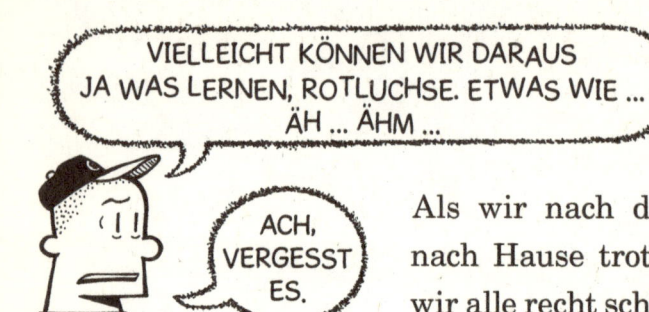

Als wir nach dem Spiel nach Hause trotten, sind wir alle recht schweigsam. Außer Francis. Jedes Mal, wenn wir gegen die Jefferson verlieren, muss er genau analysieren, was schiefgegangen ist.

»Angriff, Verteidigung, Rebounds ...«, sagt er. »Sie waren uns in allem überlegen ...«

»Aber sie HATTEN doch gar kein Maskottchen«, sagt Chad.

»Eben!«, erwidert Dee Dee. »Also hab ich gewonnen!«

»Das ist doch lächerlich«, meint Francis.

»Leute!«, rufe ich. »DAS machen wir!«

»Was machen wir?«, fragen die anderen.

»Genau!«, sage ich. »Bei allen offiziellen Aktivitäten haben sie uns geschlagen …«

Francis bleibt skeptisch. »Und was soll das sein?«, fragt er.

»Überlass das nur MIR!«, sage ich zu ihm.

Habt ihr schon mal eins der Superhirn-Bücher gelesen? Die sind spitze. Die Hauptfigur, Tom, ist ein Genie. Wie ich. Und immer, wenn er ein Problem hat, das gelöst werden muss, denkt er direkt vor dem Schlafengehen darüber nach. Dann kommt sein Superhirn im Schlaf auf die perfekte Lösung. Wenn er am nächsten Morgen aufwacht, hat er die Antwort.

… ist alles, woran ich mich erinnern kann, dass ich einen Traum hatte, in dem Mrs Godfrey in einem Meer aus Käseflips ertrunken ist. Aber keine Superideen. Keine perfekten Lösungen. Ich fürchte, mein Hirn hat sich letzte Nacht freigenommen.

Und am Morgen auch. Die Stunden vergehen und ich bin noch immer ratlos. So überfragt habe ich mich seit meinem letzten Biotest nicht mehr gefühlt. (Wen interessiert auch schon das Verdauungssystem der gemeinen Fruchtfliege?) Wie auch immer, ich brauche Hilfe.

Und ich weiß auch, wen ich fragen werde. Jemanden mit Erfahrung. Jemanden, der weiß, wovon er spricht.

Mr Rosa wird es verstehen. Immerhin hat er schon an der P.S. 38 unterrichtet, bevor ich überhaupt GEBOREN wurde.

Ich komme direkt auf den Punkt. »Wir wollen die Jefferson herausfordern in … äh … irgendwas.«

»Hm«, macht er. »Was könnte denn das für ein Irgendwas sein?«

»Eben genau das fällt mir nicht ein«, gebe ich zu.

»Nun ja, niemand ist in ALLEM gut«, sagt er. »Und verkauf die P. S. 38 nicht unter Wert. Denk dran, dass auch IHR eure Stärken habt.«

»Stimmt!

ÄH ... UND WAS MEINEN SIE DA GENAU?

»Denk an das C. I. C.-Treffen, bei dem wir neulich waren«, erklärt er. »Fandest du es nicht ziemlich LANGWEILIG?«

»Oh ja, das war echt 'ne spaßfreie Zone«, pflichte ich ihm bei, »bis wir ihnen gezeigt haben, wie man Ergänz-es spielt.«

»Genau. Wer hat DIR das Spiel eigentlich gezeigt?«

NIEMAND! TEDDY UND ICH HABEN'S MAL IN BIO ERFUNDEN!

ÄH ... KLAR HABEN WIR **VORHER** UNSERE AUFGABEN GEMACHT!

HE HE

Mr Rosa schmunzelt. »Verstehe«, sagt er. »Sehr kreativ.«

Dann holt er zwei Hefte aus einer Schublade und legt sie auf den Tisch. »Vielleicht erkennst du ja eines davon«, sagt er mir.

»Genau!«, sagt Mr Rosa. »Und das andere ist eine Zeichnungssammlung vom C. I.C. der Jefferson. Wirf mal einen Blick rein.«

Ich bekomme wieder dieses mulmige Gefühl in der Magengegend, als ich das Heft durchblättere.

»Die können echt zeichnen«, ist alles, was ich sagen kann.

»Oh ja, sie sind sehr gut«, stimmt mir Mr Rosa zu.

»Hä? Hier sind doch gar keine GESCHICHTEN drin«, sage ich und überfliege das Buch noch einmal. »Bloß Zeichnungen.«

»Richtig«, meint er. »Aber DEIN Buch ist VOLLER Geschichten. Übrigens ziemlich LUSTIGE Geschichten!«

»Wie schon gesagt«, meint Mr Rosa augenzwinkernd, »sehr kreativ.«

»Ja, aber jetzt weiß ich noch immer nicht, welchen Wettkampf wir gegen die Jefferson veranstalten sollen!«, sage ich, als mich Mr Rosa zur Tür begleitet.

»Dir wird schon was einfallen«, sagt er bloß.

Stärken. Okay, ich hab schon verstanden: Ich bin kreativ. Aber wie hilft uns das jetzt bei unserer Schlacht gegen die Jefferson?

DAS IST ES! Vielleicht habe ich die Antwort nicht im Schlaf gefunden wie Superhirn, aber endlich ist mir was eingefallen. Da sieht man's mal wieder …

Ich knalle in Dee Dee, die aus irgendeinem Grund mitten auf dem Gehweg steht. »Au, mein Bein!«, jammert sie, als sie sich wieder aufrappelt. »Ich glaube, ich hab mir die KNIESCHEIBE GEBROCHEN!«

»Heb dir das Drama für deine Mama auf, Dee Dee«, sage ich, »und hör dir lieber meine Superidee an!«

Ihr Gesicht hellt sich auf, als ich ihr meinen Plan darlege, und bald darauf hopst sie herum wie Spitzy auf Trockenfutter. So viel zu ihrer gebrochenen Kniescheibe.

Als wir bei ihr angekommen sind, kramt sie einen großen Malblock und Filzstifte heraus und macht sich an die Arbeit. Ich ruf die Jungs an, um sie einzuweihen. Wir sind uns alle einig: Das ist die beste Chance, die wir je hatten, um die Jefferson doch noch zu besiegen.

Gleich als Erstes am nächsten Morgen dekorieren wir das Foyer der Jefferson ein wenig.

HERAUSFORDERUNG!

AN: JEFFERSON
6. KLASSE

VON: P.S. 38
6. KLASSE

KÖNNT IHR UNS SCHLAGEN IN DER

ULTIMATIVEN SCHNEESCHLACHT?

EIN ... SCHNEESKULPTUREN-WETTBEWERB!

ZEIGT, WAS IHR KÖNNT!

ICH KANN NICHTS!

FÜRCHTET DEN ROTLUCHS!

RAUR!

SAMSTAG AUF DEM FUSSBALLFELD!! SEID DA!!

»Ihr fordert uns zum Schneeskulpturen-Wettbewerb?«, höhnt Nolan.

»So eine Überraschung …«, flüstert mir Teddy ins Ohr.

»Wir haben nicht vor zu verlieren«, erwidert Dee Dee.

Einer von Nolans Groupies wirft uns einen argwöhnischen Blick zu. »Und wie entscheiden wir, wer gewonnen hat?«

»Ein Preisrichter von jeder Schule. Das ist fair«, sagt Francis.

Nolan zuckt mit den Schultern. »Wie auch immer. Es ist sowieso egal, WER die Jury ist …«

Sie ziehen ab und lassen uns in dem gigantischen Foyer voller Trophäen, Gedenktafeln und Meisterschaftsbanner stehen.

Chad schaut besorgt drein. »Sie wirken ziemlich selbstsicher.«

»Ja«, sage ich. »Aber nicht so selbstsicher wie ich.«

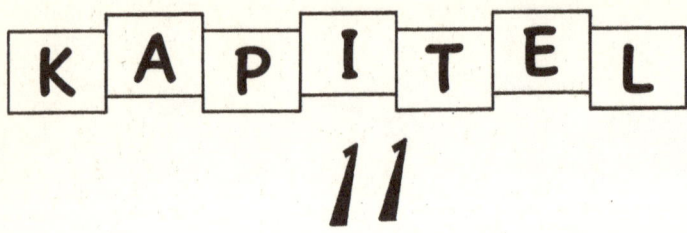

KAPITEL 11

Die Schule summt die ganze Woche vor Betriebsamkeit, bis – ENDLICH! – Samstag ist. Die Luft ist kalt, aber nicht ZU kalt. Der Schnee ist nass, aber nicht ZU nass. Es ist das perfekte Wetter für Schneeskulpturen.

Wir legen los. Mit »wir« meine ich uns KIDS. Denn die Ultimative Schneeschlacht ist nur für Kinder. Wir wollen nicht, dass ein Haufen Erwachsener am Ende den Ruhm einheimst. Man weiß ja, was passiert, wenn sogenannte Erwachsene sich einmischen. ➡

Außerdem ist es nicht so, als bräuchten wir mehr Leute. Wir haben jede Menge einsatzbereiter Kids und die Jefferson ebenso. Zumindest GLAUBE ich das. Aber es ist schwer zu sagen, denn …

»Was soll das denn?«, fragt Teddy.

»Vielleicht glauben sie, wir wollen ihre Skulptur kopieren«, sagt Francis.

Nolan und ein anderer Kerl kommen hinter dem Schulgebäude herausgeschlichen und ziehen einen Schlitten, beladen mit … tja, was auch immer es ist, es ist unter Decken verborgen. Wir schauen zu, wie sie hinter der Plane verschwinden.

»Ich frage mich, was das ist«, sagt Chad.

»Vielleicht ist es eine Leiche«, flüstert Dee Dee.

»Wenn wir noch lange rumstehen und darüber quatschen, was die von der JEFFERSON machen, werden wir nie mit UNSERER Skulptur fertig!«, ermahnt uns Francis.

Realitäts-Check: Wir haben bloß sechs Stunden. Wenn wir bis drei Uhr nachmittags ein Meisterwerk kreieren wollen …

Also legen wir los.
Sobald wir aufgehört
haben, uns Gedan-
ken über die riesige
Plane zu machen,
surren wir wie eine
gut geölte Maschine.
Einige Kids schau-
feln einen Schnee-
haufen auf, andere
klopfen ihn in Form,
und diejenigen von

uns, die wirklich künstlerisches Talent haben, über-
nehmen den Rest. Unsere Skulptur nimmt langsam
Gestalt an. Und (ich sage das nicht bloß, weil es meine

Idee war) sie sieht TOLL
aus.

Ich denke, es wird gut
genug ... falls meine Theo-
rie über die Schwachstelle
der Jefferson stimmt.
Aber das wissen wir erst,
wenn ...

»Fangen wir mit der Jefferson an«, sagt Mr Rosa.

Ein paar Kids aus dem C.I.C. lassen die Plane langsam herunter. Ich halte den Atem an. Jetzt ist es so
weit: der Augenblick der Wahrheit für die übermäch-
tige Jefferson.

Der Jubel der Jefferson-Schüler bläst mir fast die Ohren weg. Unsere Seite ist sprachlos. Kein Zweifel: Es ist eine ziemlich erstaunliche Skulptur.

Aber ich schaue nicht den Ritter an. Ich schaue zu Mr Rosa und Mrs Everett hinüber. Und weißt du, was?

ICH GLAUB, SIE SEHEN, WAS ICH SEHE!

Die beiden inspizieren die Skulptur erst aus allen Blickwinkeln. Dann stecken sie die Köpfe zusammen und sprechen flüsternd miteinander. Schließlich …

»Da ist eine echte Ritterrüstung darunter«, sagt Mr Rosa.

Es wird totenstill. Ich werfe einen verstohlenen Blick zu Nolan hinüber. Er wirkt ... NERVÖS.

»Das erklärt, warum er so beeindruckend realistisch aussieht«, sagt Mrs Everett. Sie wendet sich an Nolan. »Habt ihr die alte Rüstung aus dem Abstellraum genommen?«

Sie nickt. »Das stimmt. Aus rein technischer Sicht wurden keine Regeln gebrochen. Aber etwas bloß mit Schnee zu umhüllen, statt es selbst zu formen …«

… TJA, DAS IST KEIN BESONDERS FANTASIEREICHER ANSATZ.

»Ich WUSSTE es!«, flüstere ich.

Chad wirkt verwirrt. »Du wusstest, sie würden diese Ritterrüstung stibitzen?«

Ich schüttle den Kopf. »Nein, aber ich wusste, dass sie nicht so KREATIV sind wie wir!«

DAS IST IHRE ACHILLES- FERSE!

SEHEN WIR UNS EURE KRE- ATION AN?

Wir stapfen durch den Schnee hinüber zu unserer Skulptur. Mr Rosa tippt mir auf die Schulter. »Nick, sag uns doch was zu eurem Beitrag.«

»Klar!«, antworte ich. »Sie heißt …«

»Was für eine dynamische Pose!«, ruft Mrs Everett. »Und sein Gesichtsausdruck gefällt mir besonders!«

»Wie habt ihr den Pfeil gemacht?«, fragt Mr Rosa und streift die Schüler der Jefferson mit einem flüchtigen Blick. »Habt ihr Schnee um einen ECHTEN Pfeil gehüllt?«

Mrs Everett betrachtet den Blutfleck an der Ferse von Achilles. »Ich hoffe, das ist kein echtes Blut.«

»Tja, das ist dir GELUNGEN!«, sagt Mrs Everett lachend. Dann nickt sie Mr Rosa zu. Er erwidert ihr Nicken. Es ist so weit.

»Die Jury ist sich einig!«, verkündet sie.

»Die Gewinner der Ultimativen Schneeschlacht SIND …«

Wir brechen in Jubel aus. Alle drehen durch. Komplett. Teddy wirft mit Schnee um sich, Chad macht Schneeengel, und Dee Dee umarmt alles, was sich bewegt. Und ich? Ich muss mich die ganze Zeit kneifen. Wir haben's geschafft. WIR HABEN DIE JEFFERSON BESIEGT!!!

Mrs Everett macht mich in der Menge ausfindig. »Glückwunsch, Nick! Du und deine Schulkameraden habt tolle Arbeit geleistet!«

»Danke!«, sage ich und ducke mich weg, um Dee Dees Umarmung auszuweichen.

»Aber mich würde interessieren«, sagt Mrs Everett, »warum ihr euch für Achilles als Thema entschieden habt.«

»Uns gefällt einfach die Geschichte«, erkläre ich ihr. »Achilles hat gedacht, er sei unbesiegbar. Aber die Wahrheit ist ...«

JEDER KANN BESIEGT WERDEN!

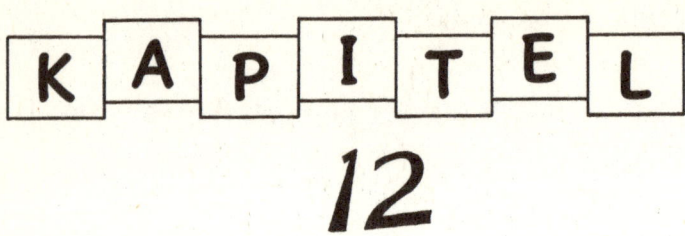

KAPITEL 12

Am Montag darauf wurde die P.S. 38 wieder eröff-
net. Ich hätte nie gedacht, dass ich das je sagen würde,
aber …

»Nick und Dee Dee, ihr habt den dritten Preis im Kinder-Schreibwettbewerb des ›Geschichtenspinners‹ gewonnen!«

»Das bedeutet, wir haben die Jefferson schon WIEDER geschlagen!«, juble ich triumphierend.

»Ja«, sagt Mr Rosa mit einem Lächeln. »Ihr habt wohl eine Siegessträhne!«

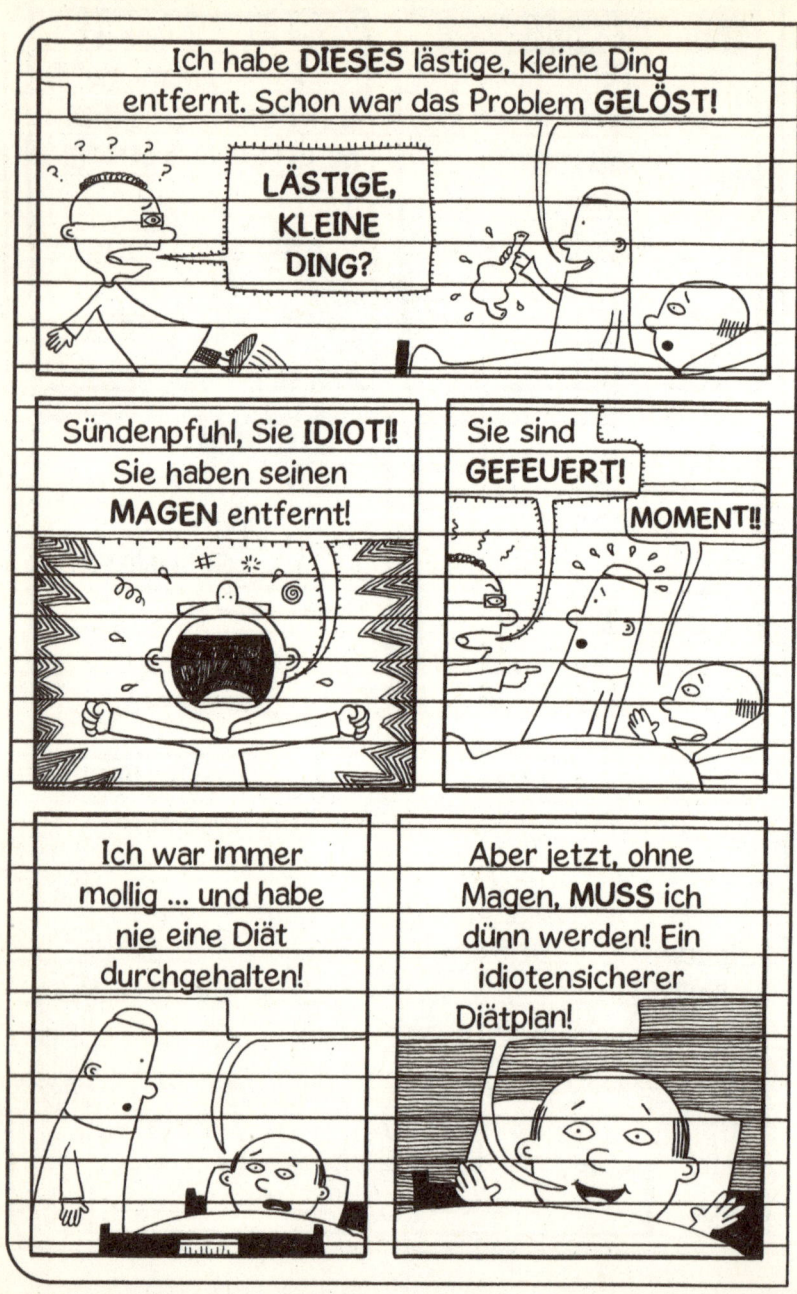

»Wow!«, rufe ich. »Das ist … ein SUPER ENDE!«

»Ja, das ist EINZIGARTIG! Ich wette, deshalb habt ihr einen Preis bekommen!«, sagt Francis. »Wenn ihr euch nicht zusammengetan hättet, hättet ihr vielleicht GAR NICHTS gewonnen!«

Hm. Möglich. Vielleicht wäre ohne den Gips an meinem Handgelenk all das nicht passiert.

Und alles begann mit meinem Schwalbensprung vom Tisch in der Kantine der Jefferson-Schule. Ziemlich witzig, oder? Es war totaler Zufall.

Lincoln Peirce
Super Nick

DER RITTER IM SCHNEE

In der Schule ...

Es ist schwer, ein Schulmaskottchen zu sein!

Die Kinder **BRAUCHEN** mich!

HÖR AUF!

Er macht unseren **SCHNEEMANN** kaputt!

HAR HAR!

SCHUBS!

Mein Maskottchen-**RIVALE**, der **JEFFERSON-RITTER!**

Was für 'ne **KNALLTÜTE!**

Lux stößt ein **FAUCHEN** aus ...

FAUUCH!

... ein Riesen-**EISZAPFEN** löst sich vom Dach!

KNACKS!